〔日〕**虚渊玄** 著

刘正仑 译

# Fate Zero

1

## 命运零点

人民文学出版社

PEOPLE'S LITERATURE PUBLISHING HOUSE

著作权合同登记号：图字 01-2021-5186

《Fate／Zero（1）第四次聖杯戦争秘話》

**图书在版编目（CIP）数据**

命运零点. 1 /（日）虚渊玄著；刘正仑译. -- 北
京：人民文学出版社，2017（2021.10 重印）
ISBN 978-7-02-013406-9

Ⅰ.①命… Ⅱ.①虚…②刘… Ⅲ.①长篇小说 – 日
本 – 现代 Ⅳ.①I313.45

中国版本图书馆CIP数据核字(2017)第243770号


责任编辑　朱卫净　李　　殷
装帧设计　汪佳诗


出版发行　人民文学出版社
社　　址　北京市朝内大街166号
邮政编码　100705

印　　制　凸版艺彩（东莞）印刷有限公司
经　　销　全国新华书店等

字　　数　110千字
开　　本　890毫米×1240毫米　1/32
印　　张　5.25
版　　次　2018年1月北京第1版
印　　次　2021年10月第7次印刷

书　　号　978-7-02-013406-9
定　　价　45.00元

如有印装质量问题，请与本社图书销售中心调换。电话：010-65233595

In the battleground, there is no place for hope. What lies there is just cold despair
and a sin called victory, built on the pain of the defeated.
The world as is, the human nature as always, it is impossible to eliminate the battles. In the end,
killing is necessary evil—and if so, it is best to end them in the best efficiency and at the least cost,
least time. Call it not foul nor nasty. Justice cannot save the world. It is useless.

**卫宫切嗣**
艾因兹柏恩家雇佣的"魔术师杀手"

**言峰绮礼**
猎杀异端的圣堂教会代行者

**远坂时臣**
以到达"根源"为毕生夙愿的魔术师名门远坂家的现任家主

**间桐雁夜**
放弃家主继承权而逃离间桐家的男人

**爱莉斯菲尔·冯·艾因兹柏恩（Irisviel von Einzbern）**
艾因兹柏恩家炼制的人造人，卫宫切嗣的发妻

**伊莉雅斯菲尔·冯·艾因兹柏恩（Illyasviel von Einzbern）**
卫宫切嗣与爱莉斯菲尔的女儿

**韦伯·菲尔维特（Waver Velvet）**
隶属于"时钟塔"的实习魔术师，为夺取导师的圣遗物挑战圣杯战争

**肯尼斯·艾梅罗伊·亚奇波特（Kayneth El-Melloi Archibald）**
隶属于"时钟塔"的精英魔术师，韦伯的导师

**雨生龙之介**
个性纯真的享乐杀人魔

**Saber**
骑士王。真实身分是亚瑟·潘德拉贡（Arthur Pendragon）

**Archer**
英雄王。人类史上最古老的英灵吉尔伽美什（Gilgamesh）在现实世界降临的形体

**Rider**
征服王。在古代世界独霸一方，古代马其顿王国的伊斯坎达尔王（Iskandar），期望能亲眼看到"世界尽头之海"（Okeanos）

**Assassin**
传说中暗杀者的始祖，山中老人哈桑·萨巴哈（Hassan Saggah）的英灵

**Caster**
自称为"蓝胡子"的英灵，真实身分是——

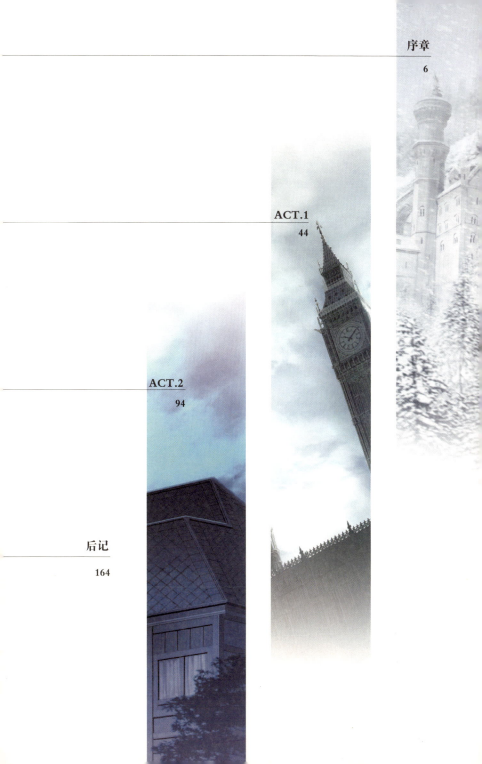

序章

# — 八年前 —

从某个男人说起吧。

那个比任何人都充满理想，却因此绝望的男人。

那个男人的梦想很单纯。

只不过是衷心希望人人都能幸福快乐罢了。

每个少年都曾经怀抱过这样的梦想，但是当他们明白现实的残酷之后就会放弃，放弃这种幼稚的理想。

幸福是以牺牲为代价的——所有孩子在成长的过程当中都会学到这个再简单不过的道理。

可是那个男人却不一样。

或许他不如世人聪明；或许他的脑袋哪里不正常；又或许因为他是那种被称为圣者的人，身怀超脱凡俗的天命。

当他领悟到这世上所有的生命都放在"牺牲"与"救赎"的天秤上，并且绝对无法清空其中任何一方的时候……

他决心成为天秤的支配者。

如果想要更有效、更确实地减少人世间的悲伤怨叹，就只有一个方法。

为了拯救人数较多的秤盘而放弃人数较少的秤盘，即使只相差一个人。

这是为了让多数人生存而杀尽少数人的行为。

因此男人愈是救人，杀人技巧就愈精深。

他的双手染上一道又一道的血腥鲜红，却从不因此畏惧退缩。

不论手段是否正当；不问目的是否正确。男子要求自己成为一杆公平无私的天秤。

绝对不可错估生命的分量。

生命没有贵贱、不分老幼，只是计量的单位。

男人拯救生命一视同仁。同样的，他杀人也不分善恶。


可是当他发现的时候，为时已晚。

平等重视所有的生命同时也代表不爱任何一个人。

如果他能早点将这一条铁则铭记在心的话，或许还有办法获得救赎。

如果他早一点冻结自己年轻的心灵，让它坏死，让自己成为一台无血无泪的测量机器，或许就能一辈子只是冷冷地挑选活人与死人，而不需要为此而苦恼了吧。

可是那个男人并不是这种人。

别人欢喜的笑容让他的心灵感到满足；别人恸哭的声音让他的精神感到震撼。

别人绝望的怨恨令他怒火中烧，别人寂寞的泪水总让他忍不住伸手擦干。在追求超越人间准则理想的同时——他过于像一个普通人了。


这种矛盾不知道多少次折磨着男子。

有时候是友情，有时候是爱情。

即使是他深爱的一条命与其他无数条陌生的命放在天秤左右时，他也从来不曾偏颇。

就算爱上某个人，他仍然会将那个人的命与他人的命同等看待，同等珍惜，也同等舍弃。

他总是一再邂逅自己珍惜的人，却又一再失去他们。

而现在，他将要面临最严苛的惩罚。


窗外风雪结冰，这是一个让森林大地也为之冻结的极寒之夜。

一座建造在冻土之地的城堡中，有一个房间正在温暖的壁炉炉火的守护之下。在如此温暖的空间当中，男人抱起一个新诞生的小生命。那个娇小又羸弱的身躯并没有男子当初预料的那样沉重。抱起来的感觉如同手中掬起一捧初雪，仿佛只要稍微轻晃就会崩落，纤细得让人害怕。

脆弱但是努力活着的小生命在睡眠中保持着自己的体温，小嘴因为徐缓的呼吸而微微歙动。胸口的起伏虽然微弱，但已经是小生命此时的极限。

"不要担心，她正在睡觉呢。"

母亲仍然躺在床上，微笑着注视男人抱起婴儿的模样。

虽然母亲还没从分娩后的疲劳中恢复精神，气色不佳。但是她那让人联想到高贵宝石的美貌却丝毫不见清减。脸上的幸福神色掩去了憔悴的疲态，让她温柔的眼神与微笑更加灿烂。

"不管经验多丰富的保姆抱，她都会哭闹。这还是第一次乖乖让人这样抱着。她一定知道你是个温柔的人，感到很放心吧。"

"……"

男人没有回话，只是呆呆地看着手中的婴儿与床褥上的母亲。

自己何时看过爱莉斯菲尔的笑靥如此灿然。爱莉斯菲尔原本就是一名和幸福无缘的女性。她是人造人（homunculus），她的生命没有出自于上帝之手，而是经由人工制造的。从来没有任何一个人想过要教导她什么是幸福的感情。这也是理所当然的，连爱莉斯菲尔自己也从未想过获得幸福，她像个人偶般被创造出来，像个人偶般被抚养长大。对过去的她而言，她甚至不明白幸福这句话是什么意思。

如今她的脸上正洋溢着美满的笑容。

"能够生下这孩子真是太好了。"爱莉斯菲尔流露出慈爱的眼神，凝视安眠的婴儿静静说道。

"将来这孩子无法以真正人类的身分活下去，可能会过得很辛苦。说不定她还会诅咒自己为什么被我这个不正常的假人类生下，可是现在我还是觉得好高兴。我深爱这孩子，也以她为荣。"

那孩子的外表没有什么特殊，看上去只是一个可爱的宝宝。

可是当小宝宝还在母亲子宫里的时候就已经接受过好几次魔术处理，身体构造被重新改造，与普通人类相去甚远，甚至更甚其母亲。小宝宝的身体虽然刚出生，但是用途早已经决定，可以说是魔术回路的集合体。这就是爱莉斯菲尔的爱女的真面目。

即使这孩子的出生背景如此残酷，爱莉斯菲尔仍然接纳她的存在。她肯定生下孩子的自己，也肯定自己生下的女儿。爱莉斯菲尔爱惜女儿的生命，把她的生命当作自己的骄傲，以她的生命为喜悦。

那份坚强、那份高贵的意志，毫无疑问正是一名"人母"的品格。

原本只不过如人偶般活着的少女得到爱情成长为女人，现在更成为人母而得到坚韧无比的力量。这就是一种任何人都无法剥夺的"幸福"吧。母女俩的寝室在壁炉的暖意之下远离世上所有绝望与不幸。

可是——男子早已经知道。自己所属的世界就有如窗外这场狂乱的暴风雪一样。

"爱莉，我——"

刚说出一句话，男子的胸口就好像被一把刀刃突然穿透。这把利刃正是怀中幼子安稳沉睡的脸庞，以及人母灿烂的笑容。

"——总有一天，会置你于死地。"

听到男子泣血般的沉痛宣言，爱莉斯菲尔的表情依旧安详，点头说道："我都知道。这正是艾因兹柏恩（Einzbern）家长久以来的愿望，我就是为此而存在的。"

这是已经注定的未来。

八年后，男人将会带着妻子远赴死地，爱莉斯菲尔将会成为拯救世界的活祭品，为了男人的理想而牺牲生命。

他们两人已经谈论过这件事情无数次，双方都已经有了心理准备。

男人为此一次又一次地流泪、诅咒自己。爱莉斯菲尔一次又一次地原谅他、激励他。

"因为了解你的理想，心中怀想同样的心愿，所以才有现在的我。你引导我，让我有了另一种生命意义，而不只是像个人偶般活着。"

为了相同的理想而生，为了相同的理想而死，以这种方式成为男子的另一半。这就是属于爱莉斯菲尔的爱。正因为是她，才能与他相容。

"你不需要为我感到哀伤，因为我早已经是你的一部分。所以你只要忍受失去这一部分的痛楚就可以了。"

"……那这孩子怎么办？"

婴孩的体重轻如羽毛，可是另一种完全不同于这份重量的沉重负荷却压得男子两腿颤抖。

这孩子对他提倡的理想毫无概念，也没有任何心理准备。

这孩子还无法评判男人的生命理念是否正确，也没有能力谅解与接纳。

但即使是如此纯洁无瑕的生命，也不能改变他的理想。

一条生命没有贵贱、不分老幼，只是一个定量的单位——

"我……没有资格抱这孩子。"

男人勉强挤出一句话，心中几乎因为狂乱奔腾的怜爱而溃堤。

一滴泪水落在怀中婴儿粉嫩柔滑的脸颊上。

男人发出无声的呜咽，终于屈膝跪地。

为了消灭人世间的无情，而甘愿变得更加无情……可是对有了挚爱之人的他来说，这是最沉重的惩罚。

他比世界上任何一个人都更爱她。

哪怕世界毁灭也要守护她。

可是他很明白，如果自己坚信不疑的正义需要付出这条纯真生命作为牺牲的时候。他，这个叫做卫宫切嗣的男人，将会做出何种决定。

对不知何时将会到来的那一天感到害怕，对那万分之一的可能性感到畏惧。切嗣痛哭，把手中的婴儿紧紧抱在胸前。

爱莉斯菲尔从床上撑起上半身，将手轻轻放在悲泣的丈夫肩膀上。

"不要忘记。你的理想正是创造一个谁也不用像你这样哀泣的世界，不是吗？

还有八年……你的战斗将会在八年后结束，届时你我的理想就会实现，圣杯一定会拯救你的。"

妻子完全了解丈夫的苦恼，以深邃无尽的温情接纳他的泪。

"等那一天过后，请你以一名平凡父亲的身分，抬头挺胸，再好好地抱一抱这孩子——伊莉雅斯菲尔（Illyasviel）。"

# — 三年前 —

根据神秘学的说法，有一股力量存在于这个世界的外侧，位于次元论的顶点之上。

那正是所有魔术师的渴望——"根源之涡"，一切事物起点的坐标。传说"根源之涡"是万物的发源，亦是终焉。那里记录着世上所有的一切，也是创造世上万物的神灵之座。

大约在两百年前，有一群人开始尝试前往那片"世外之地"。

艾因兹柏恩、魔奇里（Makiri）、远坂，这群被称为初始三大家的人们试图重现诸多传承故事当中描述的"圣杯"。为了召唤出能够实现任何愿望的圣杯，三大家族的魔术师互相提供家族秘传的术法，终于让万能之釜·圣杯出现在世上。

……可是当众人了解圣杯只能实现一个人的愿望时，合作关系瞬间变成以血洗血的斗争杀戮。

这就是"圣杯战争"的开端。

自此，每隔六十年，圣杯会再度出现在当初的召唤地"冬木"。

圣杯会选出七名有资格拥有它的魔术师，将它庞大魔力中的一部分分给这七人，使他们有能力召唤一种被称为"从灵"的英灵，这是为了让这七位魔术师以生死决斗的方式决定谁真正适合成为圣杯的使用者。

——简单来说，言峰绮礼所听到的说明大致就是这些内容。

"在你右手上显现的纹样称为'令咒'，这是圣杯选上你的证明，也是圣杯赐予你用来统驭从灵的圣痕。"这名自称远坂时臣的人以一抹流畅清朗的嗓音继续说明。

这是一栋位于意大利南方萨勒诺（Salerno）小山丘上高级地段的豪华别墅，此时房内有三个男人正坐在休闲椅上。绮礼与时臣，以及引见他们两人见面，促成这次会谈的神父言峰璃正——也就是绮礼的亲生父亲。

绮礼的父亲已经年近八十，以父亲的友人来说，这个名叫远坂的怪异日本人实在太过年轻。看上去年纪虽然与绮礼相去不远，但是稳重的风采与威严的气质使他看起来气度不凡。听说他的家族在日本是血统源远流长的名门，这栋别墅也只是他的一处宅邸。但是最让绮礼感到惊讶的是，远坂在两人第一次见面的时候便淡淡地自称是"魔术师"。

魔术师这个词本身并没有什么特别的地方。绮礼本身也是和父亲一样属于圣职者，但是他们父子俩的职责与一般世间所认知的"神父"有很大区别。绮礼父子所属的"圣堂教会"身负将不属于教义范围内的奇迹或神秘事件烙上异端的烙印，并且抹除的责任。也就是说站在绮礼的立场上，他必须禁止魔术这种渎神的行为。

魔术师们则自己集合起来，创立一个称为"协会"的自卫团体以抵抗来自于教会的威胁。虽然现在双方已经缔结协定而维持着短暂的和平。但是在一般状况下，圣堂教会的神父与魔术师根本不可能共聚一堂议事。

听父亲璃正说，远坂家虽然是魔术师世家，但是自古便与教会颇有渊源。绮礼昨天晚上发现右手背上浮现出三道像是纹样一样的斑痕后，和父亲讨论了一番，隔天一大清早，父亲璃正就把他带到萨勒诺与这名年轻的魔术师会面。

三人随意寒暄儿句后，时臣便将刚才那段关于"圣杯战争"的秘密解释给绮礼听。浮现在绮礼手背上的斑痕所代表的意义……也就是说三年后，当圣杯第四度出现时，绮礼同样也有权利争取这神奇的许愿机。

绮礼自己对上战场这件事并没有任何抗拒或不满，他在圣堂教会的工作就是在现场直接排除异端。换句话说，他是一名身经百战的战士，与魔术师一搏生死甚至可以说是他的本分。矛盾的是身为圣职者的他竟然必须以"魔术师"的身分参加圣杯战争，这才是问题所在。

"圣杯战争实际上就是将从灵当作使魔驱使的战斗。因此为了胜利，需要某种程度的召唤师素养……一般来说，圣杯选出来成为从灵之主的七个人应该都是魔术师才对。像你这样与魔术无缘的人这么早就被圣杯选上，可以说是极为稀少的例子吧。"

"圣杯选择人选有优先级吗？"

直到现在绮礼还是无法完全接受。对于他的疑问，时臣颔首道："刚才我提到过'初始三大家'——也就是已经改名为间桐的魔奇里一家，还有艾因兹柏恩家与远坂家。属于这三个家族的魔术师可以优先获得令咒，也就是说……"

时臣伸出右手，展示刻印在手背上的三道纹样。

"身为远坂家现任家主，我也会参加下次的战争。"

这个男人是在亲切仔细地指导绮礼的同时，向他示威宣战吗？真让人不解，但绮礼还是继续提出下一个问题。

"刚才你说的从灵究竟是指什么？召唤英灵当成使魔又是什么意思……"

"你可能会觉得难以置信，但我说的都是事实。这一点应该就是圣杯最让人觉得不可思议的地方。在人类历史或是故事传承中有许多奇人与伟人留下了不朽传说，成为人们亘久不变的记忆。那些人死后超脱人类的范畴，升格到达精灵的领域，因此被称为'英灵'。'英灵'与魔术师一般当作使魔使召唤的魑魅魍魉或怨灵属于完全不同的层次。具体说来，'英灵'的灵格相当于神。一般状况之下最多只能借用英灵部分的力量，想要让他们在现实世界现身以供驱策根本是不可能的事情。

"而圣杯的力量能够将不可能变成可能。仔细想一想，你就能了解圣杯是多么伟大的宝具了吧。因为就连英灵召唤也只不过是圣杯力量的一小部分而已。"

说到此处，远坂时臣自己仿佛也震慑于圣杯之力的神奇，深深地吐了一口气，摇头说道："近至百年、远至神话时代，从过去和太古世界召唤英灵。七位英灵跟随七位召主，内保主人安危，外置敌于死地……各个时代、各个国家的英雄在现代复苏，彼此交锋一争雌雄。这就是'冬木'的圣杯战争。"

"……就这样在住着好几万人的都市里展开这种超乎常理的战斗吗？"

隐藏自己的存在是所有魔术师共通的理念。在这个把科学当作普世唯一信仰原则的时代中，他们会有这层考量也很正常，就连圣堂教会的存在也一样不为外界所知。

但是光只是一名英灵就身怀足以造成严重灾害的力量，把七位可说是英灵实体的从灵当作武器彼此攻杀……这几乎和使用大量毁灭性武器的战争无异了。

"——在不为人知的状况下进行对决当然是不成文的规定。为了贯彻这一点，才需要派任监督者。"

说到这里，之前一直保持沉默的绮礼之父，璃正神父插话说道："圣杯战争每隔六十年举行一次，这次已经是第四次。早在第二次圣杯战争开始的时候，日本文明就已经开化了。即使是偏远的东方之地，也不能在众目睽睽之下让他们重复这种可怕的破坏行为。因此从第三次圣杯战争开始。决定由我们圣堂教会派人监督。这是为了隐藏圣杯战争的存在，让灾害减到最低程度，同时要求所有魔术师遵守不在公开场合决斗的原则。"

"由教会担任魔术师之间斗争的裁判吗？"

"正因为是魔术师的斗争，才需要圣堂教会介入。魔术协会的人无论如何都会被局限在派系的框架内，无法公平执行审判。魔术协会那些人除了依赖外来的有力者之外也别无他法。而且除了这些原因以外，这场战争本来就是因为一件称为圣杯的宝具，我们圣堂教会当然也不能袖手旁观。因为那也有可能是曾经盛装过神子宝血的'真品'啊。"

绮礼与璃正父子俩皆隶属于一个称作第八秘迹会的部门。第八秘迹会在圣堂教会中负责管理与回收圣遗物。众多民俗故事或传承当中都有称作圣杯的宝物出现，尤其在教会的教义之中，"圣杯"所占的分量更重。

"因此当第三次圣杯战争在蔓延全球的兵祸之中开打的时候，当时还是年轻小伙子的我就接下了这份重责大任。下次的圣杯战争也是继续由我担任裁判，前往'冬木'监督你们的战斗。"

听到父亲所言，绮礼心中不禁感到疑惑。

"请等一下。由圣堂教会派遣的监督者不是要能公平裁决的人选吗？由圣杯战争参加者的亲人担任裁判岂不是违背原则？"

"原则是原则。这个嘛……应该说是规定的盲点吧……"

一向严肃的父亲难得地露出了耐人寻味的微笑，让绮礼心中不太能接受。

"言峰先生，快别捉弄您的儿子了。我们差不多该进入正题了。"

远坂时臣催促老神父继续说下去，言语中别有他意。

"嗯，你说的是。绮礼，刚才我们跟你说明的只不过是圣杯战争'表面上'的事情。今天我要你来和远坂先生见面是有其他原因的。"

"……您的意思是？"

"事实上我们很久以前就已经掌握证据，证明出现在冬木的圣杯与'神之圣子'的圣遗物是不一样的物品。他们在冬木争红了眼的东西，不过是原本存在于乌托邦的万能之釜的复制品。这个宝具只对魔术师有用，与我们教会毫无任何渊源。"

果不其然。若非如此，圣堂教会岂会甘愿当个"监督者"这种不愠不火的小角色。倘若事情与"圣遗物的圣杯"有关，就算撕毁停战协定，圣堂教会也一定会把它从那些魔术师的手中夺过来。

"如果圣杯依照它原本的存在目的，用来当作前往'根源之涡'的道具也就罢了，与我们教会也没什么关系，因为魔术师对'根源'的渴望并没有特别抵触到我们的教义。可是因为冬木的圣杯太过于强大，我们也不能就这样袖手不理。再怎么说它仍然是一个无所不能的许愿机器。要是落入包藏祸心的人的手中，谁知道会招致何种可怕的祸端。"

"那么只要把它当作异端加以排除的话……"

"这一点也是不易。魔术师们对这个圣杯的执着非同小可，要是教会直接提出审问的话，免不了要和魔术协会发生冲突。这样我们要付出的牺牲太大了。倒不如退一步，如果能把冬木的圣杯托付给'合适人选'的话，那是再好不过。"

"……原来如此。"

绮礼渐渐了解这场会面的真正目的所在，同时也明白为什么父亲会与远坂时臣这名魔术师结交往来。

"远坂家族过去在祖国受到宗教迫害的时候就和我们一样彻底坚守教义。关于时臣本人的人格，我可以拍胸脯保证。更何况他使用圣杯的目的非常明确。"

远坂时臣点头，接着璃正的话头继续说道："前往根源，我远坂家的大愿除此无他。可是让人遗憾的是从前与我们有志一同的艾因兹柏恩和间桐随着世代交替逐渐步入歧途，现在已经完全遗忘当初的目的。更遑论三大家以外那四名从外界找来的魔术师，不知道他们是为了何种卑劣的私愿而妄想得到圣杯。"

也就是说圣堂教会只能容许远坂时臣持有圣杯。绮礼终于明了自己要扮演何种角色了。

"那么我只要参加下次的圣杯战争，协助远坂时臣先生获胜就可以了吧？"

"正是如此。"

会谈至此，远坂时臣的嘴角终于露出微微的笑意。

"表面上我们当然要表现出像是争夺圣杯的敌人一样。私底下则并肩作战，齐力驱除并歼灭其余五位召主，确实掌握胜利之机。”

璃正对时臣的这番话点头称是。圣堂教会的公平审判早已沦为空谈，教会组织参与这场战争同样也有自己的打算。即使如此，这件事对绮礼来说没有是非对错。既然教会已然表态，身为代行者，他的工作就只是忠实完成教会的意志。

“绮礼，我要请你以派遣的形式转任到魔术协会，成为我的徒弟。”远坂时臣接着以事务性的口吻继续说道。

“……转任吗？”

“正式任命书已经下来了，绮礼。”

璃正神父说着，递出一封信函。这是由圣堂教会与魔术协会联名发文给绮礼的通知书，行事效率之速，着实让绮礼惊讶得无言以对。在这短短一二天之内事情竟然进展得如此快速。到最后，整件事情的发展始终毫无绮礼置喙的余地，不过他没有理由表示不悦，绮礼对这件事打一开始就没有任何个人意见。

“你暂时要在我日本的家里埋头苦练魔术。下一次圣杯战争在三年后，在那之前你必须成为一名有能力当上召主，带领从灵参战的魔术师才行。”

“可是这样真的行得通吗？我公然成为你的弟子，在之后的战争当中难道不会有人怀疑我们有合作关系吗？”

时臣露出一丝冷笑，摇头说道：“你不了解魔术师这种人。利害关系冲突的师徒最后发展到互相残杀在我们的世界是家常便饭。”

“原来如此。”

绮礼虽然不认为自己完全了解魔术师，但是他已经充分掌握魔术师的行事风格。他身为代行者，过去曾经好几次和魔术师兵刃相向。在他手上惨败的魔术师可不只有十几二十几人之数。

"好了，你还有其他问题吗？"

最后时臣如此问道。绮礼提出一个关于圣杯战争起源最基本的问题。

"我只有一个问题。你说召主的选择是根据圣杯的意志，请问这究竟是什么意思？"

这个问题似乎完全出乎时臣的意料之外。魔术师蹙眉，沉默了一阵子后回答道："圣杯是……当然会优先选择真正需要圣杯的人为召主。关于这一点，最直接的例子就是刚才说过的包括我们远坂家在内的三大家。"

"你的意思是说所有召主想要得到圣杯都是有什么理由吗？"

"也不尽然。圣杯现世需要有七名召主，如果显现时机将近，人选却还尚未凑齐的话，令咒就会出现在原本不会被挑中的非正规人选身上。过去似乎也曾经发生过这种例子……原来如此。"

说着说着，时臣似乎想到绮礼的疑点是什么了。

"绮礼，你还在怀疑为什么自己会被选上是吗？"

绮礼点头。不管怎么绞尽脑汁，他都想不到自己有什么理由会被许愿机看上。

"嗯，这件事的确很奇怪。说到你和圣杯之间的关系，大概只有令尊曾经担任过监督者这一点吧。不过换个想法的话，或许这就是你被选上的原因。"

"你的意思是……"

"圣杯可能早已经知道圣堂教会将成为远坂家的有力后盾。教会的代行者取得令咒的话，那个人就能助远坂家一臂之力。"

说完，时臣仿佛很满意地顿了一顿。

"意思就是说，圣杯为了赐与我远坂家两人份的令咒，因此选上了你这个召主。……如何？这个说法能够解释你的疑惑吗？"时臣以如此充满傲气的口吻做出结论。

"……"

这种傲慢的自信确实很适合这名叫做远坂时臣的男子。在他身上具备匹配这种狂傲的威严气势。以魔术师来说，他的确是个极为优异的人物，而且有着与优秀才能相符的自负。因此想必他从来没有对自己的判断存疑过吧。也就是说现在再怎么继续问下去也得不到比时臣刚才的回答更正确的答案了。绮礼如此下了结论。

"我们什么时候出发前往日本？"

绮礼不让心中的失望表现在脸上，换了一个问题。

"我还要去英国一趟。'时钟塔'那边有一些事情要处理，你先一步到日本去，我会向家里的人说明。"

"我知道了……那么我马上动身。"

"绮礼，你先回去吧。我还要和远坂先生再聊聊。"

绮礼颔首，起身告辞后默默离开房间。

× ×

留下来的远坂时臣与璃正神父两人一言不发地将目光投向窗外，目送言峰绮礼的背影由门口离去。

"令郎真是一个值得让人倚重的人啊，言峰先生。"

"作为一个'代行者'，他的能力是无庸置疑的。在同行者当中恐怕没有其他人像他一样疯狂地进行锻炼，就连我看了都感到畏惧。"

"喔……这样的态度不正好是宗教守护者的表率吗？"

"哎呀，说来惭愧。我这把老骨头值得骄傲的，也只有绮礼这个儿子了。"虽然老神父以个性严峻出名，但是看得出来他非常信任时臣，露出笑意的脸上毫无特意炫耀的神气。由他的眼神就可以清楚知道他对独子的信赖与亲情有多深。

"过了五十岁还没有子嗣继承香火，本来我都已经放弃了……现在想一想，能够有这么一个优秀的儿子，还真叫我惶恐呢。"

"可是没想到他会答应得这么爽快。"

"只要是教会的意思，小犬就是赴汤蹈火也在所不辞。他的信仰意志实在太坚定了。"

虽然时臣无意质疑老神父说的话，可是他对璃正神父之子的印象却和那种"宗教狂热"的热忱有一些不同。他从绮礼这个男人沉稳的言行举止中感觉到的，倒不如说是一种空洞的虚无感。

"老实说，我甚至觉得有点惊讶。站在他的立场，他根本就像是无辜被卷进一场毫无关系的战争里。"

"不……我反倒觉得这件事对他来说是一种救赎也说不定。"璃正神父阴郁郁地喃喃低语道。

"这件事请别和他人提及。就在上个月，他才遭逢丧偶之痛，他们结婚才不过两年而已。"

"这真是……"

出乎意料的事实让时臣不晓得该怎么接话。

"虽然表面上看不出来，但是他心里一定觉得非常哀痛……

他们在意大利有太多回忆。对现在的绮礼来说，前往久违的祖国之地执行新任务可以让他转移注意力，也许是疗伤的一条捷径。"璃正神父叹了一口气说道，然后直视时臣的双眼。"时臣，请你务必让小犬协助你。他是一个追求试炼以确认自我信仰虔诚的男人，愈是遭遇困境，他就愈能发挥真正的实力。"

老神父的话让时臣深深地低下头。

"不敢当。圣堂教会与言峰家族两代的大恩大德，将会永铭我远坂家家训之中。"

"别这么客气。我只是实践对上上代远坂老爷的承诺而已。接下来我会祈祷上帝保佑你在追求'根源'的道路上一路平安。"

"是。祖父的遗憾与远坂家的大愿正是我的人生意义。"

身怀沉重的责任与足以撑起这份负担的自信，时臣态度坚毅地点点头。

"这次圣杯一定会显现。请您拭目以待。"

看到时臣的堂堂气派，璃正神父在心中祝福已故的挚友。

"吾友……你同样也有一位了不起的继承者啊。"

×　　　×

言峰绮礼让来自地中海的清爽海风吹乱了头发，独自默默沿着自豪宅一路曲折而下的小路踏上归途。绮礼想着刚才交谈的那名叫做远坂时臣的男子，回想他给予自己的诸般印象，整理思绪。

他的大半生想必过得十分艰苦吧，以往体验过的辛酸仿佛全数化为他的勋章，时臣具备难以动摇的绝大自信心与威严。

绮礼很能了解他那种人，因为他的父亲恰巧与时臣是同一种类型的人。

他们对自己诞生的意义以及人生的意义做下脚注，奉为圭臬而深信不疑。他们从来不会感到迷惘，也从来不曾停下脚步。无论面临人生中什么样的局面，他们为了达成自己所认定的某种人生目标，都能以钢铁般的意志朝着固定的方向前进。这种"信念的形态"对绮礼的父亲来说是虔诚的宗教信仰；而对远坂时臣来说，恐怕就是身为精英的自负——一种不同于平民，肩负着特权与责任的人才具备的自我意识吧。这种"真正的贵族"现在已经所剩无几。

今后远坂时臣的存在将会在绮礼的人生意义当中占有很重的分量……但是单凭时臣与父亲相似这一点就能断定，他与绮礼是两种不同的人，双方绝对无法彼此兼容。只看得见眼前理想的人根本无法了解没有理想的人的迷惘与痛苦。

时臣这种类型的人把"目的意识"当作信念的基础，而在言峰绮礼的精神领域中，这部分却荡然无存。在他二十余年的人生当中从来没有抱持过任何目标或理念。

从绮礼懂事的时候开始就没有任何理念让他觉得崇高；没有任何探索使他感到满足；也没有任何娱乐为他带来安宁。像他这样的人怎么可能有什么目标意识。

绮礼甚至不知道为什么自己的感性与世间一般的价值观相差这么多。不管在什么领域，他都找不到一件事物能让自己发挥热情，拿出积极的企图心完成某件事情。

但他还是相信上帝的存在，单纯只是因为自己还不够成熟，找不到真正具有崇高价值的事物罢了。

他一直抱持着希望，相信自己总有一天能够得到崇高真理的指引，获得神圣福音的救赎。

可是在心中的某个角落，绮礼却早已知道就算是上帝的爱也无法拯救自己。

他对自身的愤怒与绝望逼迫他做出自虐行为。借着修身苦行的名义，不断重复自残。但愈是这样苛刻地伤害自己，愈让绮礼的身体锻炼得如钢铁般强健。等到他发觉的时候，自己早已远远超越他人，爬上顶端而成为圣堂教会中的精英分子——代行者。

所有人都把这个身分当作一份殊荣。言峰绮礼严以律己与牺牲奉献的态度赢得众人的赞许，将他奉为圣职者的模范，就连父亲璃正也不例外。

绮礼非常了解言峰璃正对自己有多么信赖与赞赏。可是这个天大的误会却让绮礼内心不知如何是好。想必这个误会一辈子都不会有解开的一天吧。

至今还没有任何一个人能够理解绮礼内心世界的人格缺陷。

没错，就连他唯一应该爱过的女性亦然——

"……"

一阵类似晕眩的感觉让绮礼不得不放慢脚步，伸手按着额头。

每当他回想起死别的妻子，总会感到脑海一片朦胧，思绪涣散。就如同在浓雾中立身悬崖峭壁一般，出自本能他无法再往前踏出一步。

此时他才发觉自己已经走到山脚下，停下脚步，回首远望山丘顶上的那栋豪华别墅。

今天与远坂时臣的会谈当中，有一个最大的疑问到最后仍然没有获得满意的答复……那个问题才是让绮礼最挂心的事情。

为什么"圣杯"的奇迹力量会选择言峰绮礼？

时臣的说明只不过是他苦于不知如何解释而随口编造的说词而已。如果圣杯单单只是想为远坂家找一个帮手，就算不是绮礼，其他应该还有许多和时臣更加亲近的人才可以选择。

距离下次圣杯现世还有三年的时间，绮礼这么早就获得令咒，在他身上一定有什么足以被选择的理由才对。

可是……绮礼愈思考愈感到矛盾难解，让他烦恼不已。

照理来说，他应该是"绝不会被选上"的人。

绮礼心中没有"目的意识"，所以没有理想，也没有愿望。不管事情怎么演变，他绝对不可能获得这个"万能许愿机"的奇迹。

绮礼注视着显现在右手手背上的三道印记，表情阴沉黯淡。

听说"令咒"就是一种圣痕。

三年后，自己究竟会面临什么困境，承担何种重担呢？

# — 一年前 —

他一下子就认出自己寻找的那位女性的身影。

假日的午后，温暖和煦的阳光洒落在草地上。他看见儿童们四处奔跑玩耍，家长则带着笑意看自己的孩子嬉闹。多数市民喜欢全家扶老携幼，带着家人来到这个围绕着喷水池的公园广场小憩。

就算在人群当中，他也不会感到不方便。

不管人潮再拥挤、距离再遥远，他都有自信能一眼辨认出某位女性的存在。纵使两人一个月可能见不到一次面，关系形同陌路。

那名女性在树荫下乘凉，一直等他走近才发觉他的到来。

"……嗨，好久不见。"

"啊……雁夜。"

她露出恬淡柔和的微笑，放下手中读到一半的书抬头看着他。

她瘦了许多——雁夜看得出来。一阵难以言喻的不安爬上心头。看来现在似乎有什么事正折磨着她的心。

雁夜心中涌起一阵冲动，很想现在就开口问她原因，不论任何问题自己都愿意倾尽全力为她解决。可是他办不到，两人的关系并没有亲密到能让他如此毫无忌惮地对她释放善意。

"有三个月没见面了吧，这次出差时间很久呢。"

"嗯……是啊。"

每个安眠的夜晚，雁夜必定会在美好的梦境中看见她那令人魂牵梦萦的笑靥。可是一旦她真正出现在眼前时，自己却没有勇气面对。就像这八年的时光一样，将来他也永远无法直视她的笑容吧。

正因为面对她让自己感到心生怯意，所以每次见面寒暄过后，雁夜总是不知道该拿什么话题继续，两人之间就会形成一种微妙的空白。为了不让这种空白使得气氛尴尬，雁夜转头寻找一个能让自己说起话来更能畅所欲言的人。

找到了。那个小女孩正和一群孩子在草地上玩耍，双马尾活力旺盛地跃动着。她的年纪虽然还小，但已经渐渐出落得和母亲一样美丽大方。

"小凛。"

雁夜挥挥手，出声呼唤小女孩。那名叫做凛的少女马上注意到他，绽放出满脸欢笑，迅速跑过来。

"雁夜叔叔，你回来了！有没有买礼物给我？"

"凛，怎么这样没礼貌……"

年幼少女好像完全没听见母亲的责备，灵动的双眼中充满期待。雁夜同样报以微笑，从藏着的两件礼物中拿出一样递给她。

"哇，好漂亮喔……"

一枚以大大小小的玻璃珠编成的胸针马上掳获了少女的心。虽然以凛的年纪来说，要配戴这项礼物还需要再长大些。不过雁夜早就知道凛的兴趣品味和年纪不符，比较成熟。

"叔叔，谢谢你每次送我礼物。我一定会好好珍惜的。"

"哈哈，凛喜欢叔叔的礼物，叔叔也很高兴啊。"

雁夜一边轻抚凛的头，一边找寻自己准备的另一件礼物要送的人。可是不知道为什么，他到处都找不到。

"小凛,小樱在哪里呢?"

听见雁夜这么问,凛的笑脸蓦然变得空虚。

当小孩子被迫接受自己无法理解的现实时才会露出这种表情,一种停止思考与放弃一切的表情。

"樱已经……不在了。"

凛回答时的语气仿佛是在背诵台词一样缺乏抑扬顿挫,眼神干冷而空洞。她回到刚才一起游玩的那群孩童当中,好像不想再让雁夜继续问下去。

"……"

当雁夜还弄不清楚为何凛的言行如此怪异的时候,他发现自己正用质疑的视线注视着凛的母亲。她昏暗的眼神好像在躲避什么似的望向虚空。

"凛说的话是什么意思……?"

"樱她……已经不再是我的女儿,也不是凛的妹妹了。"

她的话语中不带任何感情,但是语气比起女儿小凛还坚定许多。

"那孩子……已经去了间桐家。"

间桐——

这个姓氏和雁夜的关系深到让人深恶痛绝,狠狠地在他心里挖开一道血淋淋的伤口。

"怎么会……这到底是怎么回事,葵姐!?"

"这件事还用问吗?特别是你,雁夜。"

凛的母亲——远坂葵用生硬冰冷的语气压抑自己的情绪,淡淡地看也不看雁夜一眼。

"间桐希望得到能够继承魔术师血统的孩子,原因你很清楚不是吗？"

"为什么……要答应这种事？"

"是'那个人'决定的。远坂家的一家之主为了回应古老盟友间桐家的请求，下了这个决定……怎么可能有我表达意见的余地？"

就因为这种理由，母女与姐妹硬生生被拆散。

雁夜当然无法接受这种事，但是他很明白是什么原因让葵与年幼的凛不得不承受这种结果。选择魔术师的人生就是如此，雁夜很早以前就知道这样的命运有多么无情。

"……这样真的好吗？"

雁夜的语气不知何时变得紧绷。面对雁夜的质问，葵还给他的是软弱无力的笑容。

"自从我决定嫁入远坂家成为魔术师妻子时，就已经做好心理准备面对这种事了。继承魔导血统的人妄想追求平凡家庭的幸福本来就是一种错误。"

雁夜本想出言反驳，但是魔术师之妻微微摇头表示拒绝，态度柔和但却坚决。她补了一句话："这是远坂家和间桐家的问题，和已经背弃魔术师世界的你没有任何关系。"

雁夜的身躯再也无法动弹，好像变成了公园中的林木一样。无力感与孤独感紧紧揪住他的心头。

葵对待雁夜的态度从少女时期到结婚，即使成为人母之后也没有任何改变。年长三岁的她和一起长大的雁夜就像真正的姐弟，始终以温婉、亲近的态度对待雁夜。

这样善良温和的她第一次将双方之间的立场划分得如此决绝。

"如果你有机会遇见樱，请对她好一点。那孩子以前就很喜欢你。"

在葵视线的彼端，凛看起来开朗活泼，一心享受游戏的乐趣，仿佛想借着玩乐一扫心中的悲伤。

远坂葵的表情则和一般享受假日时光的平凡母亲一样，以慈爱的神情看着凛。她始终只用半边脸庞对着雁夜，似乎拒绝伫立在身旁，却又无话可说的雁夜靠近，同时好像也在告诉他眼前的凛就是她选择的答案。

可是雁夜还是注意到了。他绝不可能忽略掉葵的任何一丝变化。

远坂葵的神情坚定，似乎平静地接受了命运。

但是她却藏不住眼角含着的一滴晶莹泪珠。

×　　　×

雁夜快步走在故乡的景色之中，他一直以为自己再也不会看到这片风光。

之前雁夜就算几次回到冬木市，也从未渡过河川踏进深山町里。仔细一想，自己已经将近十年没回来了。和因为城市开发而每天改变风貌的新都不同，这一带完全没有改变，时间仿佛在这里停下了它的脚步。

安静的巷道街景和记忆中一模一样。可即使放慢脚步，浸淫在故乡风景当中，脑中浮现出的回忆却没有一件让人觉得愉快。雁夜把这些无意义的乡愁抛诸脑后，思绪回到一个多小时前和葵对话的时候。

"……这样真的好吗？"

面对垂首不语的葵，他忍不住脱口而出这么一句逼问。这几年来，自己从来没有用这么严厉的语气说过话。

以前他一直提醒自己行事切勿招摇，要与人为善。他离开时，所有愤怒和憎恨的感情全部遗留在这个寂寥的深山小镇里。舍弃故乡后的雁夜凡事都不放在心上，和以前在这块土地上他厌恶的众多事物相比较，现在所有卑劣丑陋的事情都不足一提。

——没错。他上一次像今天这样说话，是在八年前。

那时候雁夜不也是带着相同的怒气与口吻对同一位女性说出同一句话吗？

"这样真的好吗？"

那时候他也对比自己年长的青梅竹马问过这句话。就在她即将冠上远坂这个姓氏的前一天晚上。

他永远忘不了那时候她的表情。

葵的脸上带着些许困惑与歉疚，但还是羞涩地红着脸蛋，笑着轻轻点头。那张含蓄的笑脸彻底击垮了雁夜。

"……已经做好心理准备了……妄想得到平凡家庭的幸福本来就是一件错误……"

这种话根本是谎言。

八年前的那一天，当她接受年轻魔术师的求婚时，那张笑脸还是深信自己将会得到幸福的表情。

就是因为信任她的笑，所以雁夜坦然接受失败。

他想或许唯有那名即将迎娶葵的男性才能给予她真正幸福的人生。

可是雁夜错了。

雁夜亲身体会过这个致命的错误。他应该比任何人都了解魔术这种东西的可怕和让人唾弃之处。正是因为有很深的感悟，所以他才会拒绝接受命运，与兄弟诀别后远走他乡不是吗？

但是他却允许了。

知道魔术的邪恶，害怕魔术而抗拒魔术的他千不该万不该，竟然将此生最珍爱的女性拱手让给一名魔术师。

悔恨的念头此时正在烧灼雁夜的内心。

他居然又重蹈覆辙，说错同一句话。

他应该说的不是那句话，而是直接阻止她，告诉她这样做是不对的。

如果八年前的那一天自己阻止葵，挽留她的话，或许就会有和今天不一样的未来。如果那时候她没有和远坂结合的话，或许她就可以一辈子与魔术师受诅咒的命运无关，过着平凡的生活也说不定。

然后在今天午后的公园里，如果雁夜也这样对远坂与间桐两家的决定提出反对的话……葵可能会觉得很惊讶，把他的意见当作局外人的戏言，但是至少她不必责备自己，把满腹苦楚压抑在心中。

雁夜绝对不会原谅一再重复错误的自己。为了惩罚自己，他又回到过去诀别的地方。可以让自己赎罪的唯一方法必定在那里。那个从前他背离的世界，那段从前为了保身而逃避的命运。

现在他终于有勇气去面对。

为了这个世上他最不希望看到她悲伤的女性。

在太阳即将没入地平线的昏暗天空下，他在一栋苍郁高耸的洋房前停下了脚步。经过十年的时光，间桐雁夜再度回到他出生的家门前。

×          ×

在玄关前经过一阵短暂却充满火药味的争执后，雁夜进入了自己熟悉的间桐宅邸，坐在客厅的沙发上。

"我应该已经吩咐过你不要再出现在我面前了……"

坐在雁夜对面，带着厌恶的表情冷冷撂下这句话的是一个身躯矮小的老人。他就是间桐家族的家长间桐脏砚。虽然秃头与四肢都已经形同木乃伊般衰老萎缩，但是深藏在凹陷眼眶中的双眼依旧精光闪烁，是一个外貌与气息都异于常人的怪异老人。

事实上就连雁夜也不清楚这个老人的真正年龄。在户籍登记上，他的身分是雁夜兄弟俩的父亲，但奇怪的是在家谱的记录上，他的曾祖父以及更前三代的祖先同样也叫做脏砚。

没有人知道这个老人究竟统治了间桐家几个世代的时光。

利用难以言喻的恐怖手法一次又一次延长自身寿命的不死魔术师、雁夜最厌恶的间桐家血脉之祖、存活到现代的活妖怪——这就是间桐脏砚。

"我听闻了一条消息，让我不能再沉默下去。听说间桐家干了一件恬不知耻的勾当。"

雁夜很清楚自己现在面对的人物是一名冷酷无情又强大无比的魔术师，可是他丝毫不觉得害怕。此人集雁夜毕生的憎恨、厌恶与轻蔑于一身，即使可能被他杀害，雁夜唾弃他的意志也不会有所动摇。十年前与老人对决时就是因为有这种气概，才得以打破家规离开间桐家，成为自由之身。

"听说你收养了远坂家的次女。难道你就这么想在间桐的血统里留下魔术师的因子吗？"

雁夜口气让脏砚非常不悦地皱起眉头。

"你有资格质问我这件事吗？你以为是谁害间桐家没落到这一步？"

鹤野那小子生下的儿子身上终究还是没有魔术回路，间桐家的纯血统魔术师到这一代就断绝了。可是雁夜，你这个弟弟的魔术素质更高于鹤野，要是你乖乖接受家主之位，继承间桐家秘传的话，事情就不会演变得这么岌岌可危。一切都是因为你这小子……"

老人讲得唾沫横飞。可是雁夜只是哼了一声。

"不要再演这种烂戏了，吸血鬼。现在你倒关心起间桐家族的继承了吗？笑死人了。就算间桐家没有新血诞生，对你来说也没有任何影响，不管经过二百年还是一千年，只要你自己还活着就无所谓不是吗？"

被雁夜一语道破，脏砚怒气尽敛，嘴角扭曲翘起。那是一张怪物的笑脸，表情里没有任何人类的感情。

"你这小鬼真是不可爱，说话还是像以前一样毫不客气。"

"一切都要多亏你的调教。我可不会被这种冠冕堂皇的话瞒骗。"

老人看起来似乎很愉快，从喉咙底发出湿黏的呵呵笑声。

"没错，我会比你或是鹤野的儿子更长命百岁吧。可是要如何维持这副日渐腐朽的身躯也是个问题。间桐家就算不需要继承人，也绝对需要一个魔术师帮我赢得圣杯……"

"……说了半天，那才是你真正的目的吗？"

其实雁夜早已猜到了。这个老魔术师疯狂地追求不老不死，而那名为"圣杯"的许愿机能够真正实现他这个愿望。正是这个寄托于奇迹的愿望让脏砚这个老怪物撑了几世纪还不死。

"六十年周期明年即将到来，可是间桐家没有棋子可以参加第四次圣杯战争。凭鹤野那种程度的魔力根本没办法控制从灵。圣杯战争近在眼前，那小子到现在连令咒都没有。虽然这次只能放弃，但是下一个六十年我还是有胜算的。那个远坂家小女孩的胎盘一定能够生下优秀的魔术师吧。身为魔术师，她可是潜力无穷啊。"

雁夜的脑中浮现起远坂樱幼小的脸孔。

她比凛这个姐姐更内向，总是躲在姐姐背后，给人一种娇弱的印象。她的年纪实在太小了，还无法承受魔术师这种残酷的命运。

雁夜压下胸中勃然涌起的怒气，努力让表情保持平静。现在坐在这里面对脏砚是为了和他交涉，放任自己发泄情绪不会让情况有所好转。

"……如果是这样的话，只要拿到圣杯，远坂樱就没用了吧。"

听出雁夜话中有话，脏砚略感疑惑地眯起眼睛。

"你……打什么主意？"

"间桐脏砚，我们来做一桩买卖。我会在下次的圣杯战争中取得圣杯，而我要你以放走远坂樱作为交换。"

脏砚先是一阵愕然，然后露出轻视的表情失笑道："哈，说什么傻话。你这个淘汰者过去根本没有锻炼过，竟然妄想在短短一年之内成为从灵的召主？"

"你应该知道可以让我成为召主的秘术吧。老头，就是你最擅长的操虫术。"

雁夜直直盯着老魔术师的双眼，打出手中的王牌。

"在我身上植入'刻印虫'！我这一身间桐家的肮脏血肉应该比别人家的小女孩更能适应吧。"

脏砚脸上的表情褪去，露出了非人魔术师的面目。

"雁夜……你不要命了吗？"

"你该不会说担心我这条小命吧，'父亲'。"

脏砚似乎也明白雁夜并非信口胡说。魔术师冷酷的眼神把雁夜从头到脚打量了一番。感慨万千地叹了一口气。

"凭你的素质确实比鹤野有希望。用刻印虫扩张魔术回路，一整年密集进行锻炼的话，说不定可以让你成为足以被圣杯选上的魔术师……可是我不了解，你为什么对一个小丫头这么执着？"

"间桐家的执念由间桐家的人完成就够了。为什么要把毫无关系的陌生人牵连进来？"

"这份心意真是让我感动。"

脏砚万分愉快，露出充满邪气的狞笑。

"可是雁夜，如果你的目的是'不想让他人牵连进来'的话，现在似乎已经有点太迟啦。你知道远坂家的丫头到我们家已经几天了吗？"

一阵绝望突然袭上心头，压得雁夜喘不过气来。

"老头，你该不会……"

"最初的三天她哭喊得可大声啦，第四天开始就连声音都发不出来了。今天天一亮我就把她扔进虫仓里，试试她能够撑多久。呵呵，被虫子蹂躏了大半天，她竟然还没断气。远坂家的素质真是让人难以割舍啊。"

由激烈恨意升华的杀意让雁夜的双肩颤抖。

一股难以压抑的冲动在雁夜的体内奔腾，他恨不得现在就扑向这个邪恶的魔术师，使出全身的力气掐住他满是皱纹的脖子，然后用力一扭。

可是雁夜也很清楚。就算再瘦、再衰老，脏砚毕竟是个魔术师，想要当场杀掉雁夜一个人简直易如反掌。如果诉诸武力的话，雁夜绝对没有一点胜算。

想要救樱，除了与脏砚交涉别无他法。

脏砚或许是看穿了雁夜心中翻滚起伏的思潮，他就像心满意足的猫低鸣一样，发出阴郁的低笑。

"好了，你要怎么做？我有一个从头到脚被虫子彻底侵犯，已经半疯狂的小丫头。如果这样你还坚持要救她的话，我倒是可以考虑考虑。"

"……我没有异议，要来就来吧。"

雁夜冷冷地回答道。他本来就别无选择。

"好。你就尽量保持这股气势吧。可是在你拿出成果之前，我还是会继续调教樱的。"

老魔术师咯咯怪笑。将雁夜的愤怒与绝望玩弄在手掌心上让他十分愉悦。

"比起你这个一度背叛我们又回头的淘汰者，她将来产下的孩子胜算还是远高于你的。我真正的目标还是会放在下下次的机会，第四次圣杯战争胜败与否就不计较了。可是万一你真的拿到圣杯的话……远坂家的丫头就没有用处了。对她的教育当然可以一年结束。"

"……你不会反悔吧，间桐脏砚。"

"雁夜啊，你想在我面前大放阙词的话，就先撑过刻印虫的痛苦吧。对了，就让你去当虫子们的苗圃一个礼拜。如果你没有因此发狂而死的话，我就承认你的决心。"

脏砚撑着枴杖懒懒地提起腰。他终于显现出与生俱来的邪恶，露出非人的笑容对雁夜说道："那么我们就快点着手准备吧，不必花多少时间就能处理完成。还是你要趁这段时间再重新考虑考虑？"

雁夜不发一语，只是摇摇头拒绝了自己最后的犹豫机会。

只要把虫放进体内，他就会成为脏砚的傀儡，从此再也无法反抗老魔术师。可是只要拿到魔术师的资格，雁夜绝对可以取得令咒。

圣杯战争是拯救樱唯一的机会。身为常人的自己绝对无法得到这个机会，所以需要付出生命作为代价——用不着其他召主动手，仅仅是用一年的时间培育出刻印虫的这一条，也足以让雁夜只剩几年好活。

可是雁夜不在乎。

他只是觉得自己的决心来得太迟了。要是他早在十年前做出相同的决定，葵的孩子们现在就能在母亲身边平安生活吧。他所抗拒的命运，纠缠流转，最后竟然落在一个无辜小女孩的身上。

他没有办法可以让时光倒流。如果有什么方法能够赎罪的话，那就只有帮少女取回她未来的人生。

而且如果想要拿到圣杯就必须杀死其他六名魔术师的话……

给樱带来这场悲剧的几个当事人之中，雁夜至少能够亲手将其中一个人送上地狱之路。

"远坂时臣……"

初始三大家之一的远坂家家主，那个男子的手上现在一定刻有令咒吧。

除了对葵的罪恶感以及对脏砚的愤怒之外，雁夜心中另有一股累积已久的旧恨一直努力不去想起。

复仇的黑暗情绪在间桐雁夜的心中如同燎原星火般静静地燃起。

　　从来没有任何人认同韦伯·菲尔维特的才能。

　　虽然身为魔术师，但是韦伯并非出身名门，也不是名师的高徒。这名少年靠着半自修的方式累积学识，终于被招揽到掌管全球魔术师的魔术协会总部，也就是位于伦敦的最高学府，通称为"时钟塔"。韦伯一直深信这项伟大的成就是任何人都比不上的光荣，所以更加以自己的才能为傲。至少他个人深信自己是时钟塔创立以来最出色的学生，最应该受到众人瞩目的风云人物。

　　菲尔维特家的魔术师血统目前仅仅延续三代，论历代继承累积的魔术刻印密度以及随着世代逐步开发的魔术回路数量，韦伯和那些正统魔术师世家的后裔相比或许确实略有不及。在时钟塔就读的奖学金学生当中，多的是累积六代以上血统的名门子弟。

　　想要穷究魔术的奥秘并非一世就能达成。父辈必须将穷其一生锻炼的心血成果让子女继承下去，用这种方式以求大成。因此家族历史愈悠久的魔导家系就愈有力。

　　此外魔术师的魔术回路总数受限于先天拥有的数量，各个古老家族不惜诉诸优生学，想尽办法增加子孙的魔术回路，因此更拉大了与新兴家族之间的实力差距。换句话说，在魔术的世界当中有一种普遍性的认知：身世背景的不同几乎决定个人能力的优劣。

可是韦伯的想法并非如此。

就算家族历史的差距再大，都能靠经验的密度弥补。即使身上的魔术回路不多，如果对术法有更深入的了解，能够更有效率地运用魔力的话，想要弥补先天上的差异根本不算难事——这是韦伯坚信不疑的想法，因此他长久以来积极努力表现自己的才能，希望自己能够成为最好的榜样。

可是现实是非常残酷的。时钟塔的主流派乃是一群自恃家族血统悠久而目中无人的优等生，剩下的就是些成天围绕在这些优等生身边阿谀奉承的跟随者，他们同时也完全决定了魔术协会的价值观。就连讲师也将所有目光与期待放在名门子弟身上，对韦伯这样"家世浅薄"的研究者不但不肯传授术法，甚至不愿意让他们阅览魔导书籍。

为什么光凭血统来判断一名魔术师的可能性？

为什么只靠资历来决定学术理论的可信度？

没有人在乎韦伯提出的疑问。讲师们总是能搬出一堆大道理来封住韦伯的嘴，自以为扳倒他的理论之后就可以再也不理会他。

真是岂有此理。这种不满焦虑的情绪逼得韦伯不得不采取行动。

为了弹劾魔术协会守旧的体制，韦伯振笔写下一篇名为《论新世纪的魔导之路》的论文，这篇文章花了韦伯三年的时间构思与一年的时间著作。他一遍又一遍探讨自己的论点，反复思考，终于写出了这篇条理清晰、立论周到无比的杰作。只要这篇论文送到审查会的手中，必定能够对魔术协会的现状造成一定的影响。可是让他始料未及的是，有一位降灵课的讲师竟然只浏览过一遍就将这篇论文撕毁。

这位讲师名叫肯尼斯·艾梅罗伊·亚奇波特。他是九代魔导大族亚奇波特家的长男，人称"艾梅罗伊爵士"，备受众人吹捧。他还与学部长的女儿缔结了婚约，年纪轻轻就获得讲师职位，是一位精英中的精英。韦伯最瞧不起的权威主义在这名讲师身上表露无遗，让他难以忍受。

"你这种喜爱胡思乱想的习惯不适合研究魔导学问喔，韦伯先生。"

韦伯永远不会忘记当初肯尼斯讲师说出这句话时，他那高高在上的态度、语带怜悯的口吻以及冷冷睥睨自己的眼神。在他十九年的生命当中，从来没受过像那样的羞辱。

如果这男人的才干真的足以担任讲师，他应该能够了解韦伯这篇论文所代表的意义。不对，那个男人或许就是因为了解，才感到嫉妒吧。他对韦伯的潜在才能感到畏惧、嫉妒，认为韦伯可能会危害到自己，才会做出那种恶行。竟然撕掉一篇集所有智慧于大成的学术论文，这岂是一名学问追求者应有的行为？

自己的才能足以受到世人的注意，却因为一位当权者的专擅而受到阻挠。韦伯绝对无法容忍这种蛮横的事情。但是没有人能够理解他的愤怒，赞同他的想法。就韦伯的角度来看，魔术协会已经完全烂到骨子里了。

就当韦伯天天过着满腹怨气无处发泄的日子时，有一条消息传进他的耳中。

听说那位大名鼎鼎的艾梅罗伊爵士为了在自己虚华的经历添上亮丽的一笔，决定参加一场在远东地区展开的魔术竞技。

韦伯花了一整晚的时间仔细调查那项名为"圣杯战争"的竞技，为其惊人的内容深深着迷。

以蕴含庞大魔力的许愿机"圣杯"为赌注，召唤英灵到现世当使魔驱策，与对手一较高下的死亡淘汰赛。任何头衔与权威都没有意义，一场真正依靠实力的竞赛。

决定胜负的方式虽然野蛮，但是简单明快，没有任何模糊地带。对一位怀才不遇，想在众人面前大大表现一番的天才来说，圣杯战争是再理想不过的舞台了。

兴奋不已的韦伯后来还得到了幸运女神的青睐。

事件的起因是因为财管课的疏失。在肯尼斯讲师的委托之下，有一件与某位英雄有关的圣遗物从马其顿送到时钟塔。这件圣物与普通邮件一起被送到肯尼斯的徒弟韦伯手上，由他代为转交。但其实这封特殊邮件应该要在肯尼斯本人在场的情况下才能拆封。

韦伯立刻发现这件物品可能就是在圣杯战争中用来召唤从灵的媒介物。此时的他可说是遇到一个千载难逢的好机会。

韦伯对已经腐败不堪的魔术协会没有一丝留恋。和冬木圣杯即将带给他的荣耀相比，连首席毕业生奖牌的光辉都像垃圾般无用。当韦伯·菲尔维特赢得胜利的那一刻，魔术协会的一切都将会臣服在他脚下。

韦伯当天就离开了英国，一路直奔遥远东方的岛国。时钟塔很快就发现是他抢走了原本要寄给肯尼斯的邮件，但他们并没有派人追来。因为根本没人知道韦伯对圣杯战争有兴趣，而且还有一件韦伯不知道的事情，就是时钟塔绝大部分的人都认为以韦伯的胆识，最多只敢把东西藏起来报复而已。根本没人想到这个低下的学生竟然不知死活，要去参加一场赌命的魔术竞赛。他们确实太小看韦伯了。

就这样，韦伯来到了极东世界的偏远地区——命运之地冬木市。现在他正躺在床上，身上裹着温暖的毛毯，一边忍着不断涌上的笑意……不，他根本忍不住。韦伯每隔几秒钟就举手对着由窗帘隙缝中射入房内的晨光，然后看着手背发出呼呼呼的得意窃笑。

携有圣遗物、身处于冬木市还具有足够的魔术素养……圣杯当然不会放过这样的人选。昨天夜里韦伯的手背上果然出现了三道令咒，证明他已经被选为从灵之主。就连一大清早院子里响彻云霄的鸡鸣声也完全打扰不到他。

"韦伯，吃早餐了……"

从楼下传上来的老妇人呼唤声和往常有点不一样了，变得不再让人觉得不快。为了让今天这值得纪念的日子有一个美好的开始，韦伯决定立刻起床换下睡衣。

虽然这片属于岛国民族的土地民风保守，但这个叫做冬木的城市是个例外，有很多来自外地的居住者。多亏这样，韦伯那张与东方人迥异的脸在这里才不会太引人注目。不过，为了谨慎行事，他还是用魔术向一对孤单的老夫妇下了暗示，使他们两个把韦伯当成海外游学归国的孙子，让他顺利取得了一个假身分以及舒适的居住空间，就连没有钱住旅馆的问题也一并解决。韦伯真是愈来愈崇拜自己这副机灵的头脑了。

为了能够好好享受这个舒爽的早晨，韦伯一边努力把院子里吵人的鸡鸣声赶出脑海，一边下楼到厨房用餐。这个由报纸、电视新闻以及热腾腾食物所点缀的平民式餐桌，毫无戒心地迎接他这位寄宿客。

"早安，韦伯。昨晚睡得好吗？"

"早安，爷爷。我一觉睡到天亮呢。"

韦伯一边笑着回答，一边在自己的吐司上抹上厚厚的橘子果酱。虽然他平时对这条口感软趴趴的面包甚是不满，今天姑且就多涂点果酱把这一点缺陷掩盖过去吧。

葛连和玛莎两夫妇从加拿大搬来日本居住已经有二十多年了。儿子因为不习惯日本的生活，回到了出生地建立家庭。在日本长到十岁大的孙子这七年来不但没有回来看过祖父母，连书信也没有过一封。这些情报都是韦伯用催眠术从老人口中探听出来的。这种家庭结构正符合韦伯的需要。于是他用暗示把老夫妇心里描绘的孙子形象改换成了自己的样子，就这么成了老夫妇心爱的孙子"韦伯·麦肯吉"。

"那就好。对了，玛莎。今天一大早鸡叫得让人受不了。怎么回事啊？"

"我们家院子里有三只鸡，也不知道到底是从哪儿来的……"韦伯抢着要解释，差点被满嘴的面包噎到。

"那、那些鸡是……我朋友的宠物，现在寄放在我这里，因为他出门旅行不在家……我今天晚上就会把它们送回去的。"

"原来是这样啊。"

看来两人似乎没那么在意，轻易相信了韦伯的说词。还好这对老夫妇已经老得听不太清楚了。

这三只鸡的大嗓门今天一天就已经大大得罪了附近的居民。

可最倒霉的还是韦伯自己。昨晚一发现自己身上出现令咒，立刻高兴地打起精神出门寻找仪式要用的祭品，却没想到要在城镇附近找一处养鸡场竟然这么困难。好不容易找到一间养鸡小屋，为了抓这三只鸡又耗掉一个多小时。等到天空微露鱼肚白，回到家门时，早就满身鸡粪，两手被啄得鲜血直流。

要是还在时钟塔的话，可以拿来当活祭品的小动物要多少就有多少。为什么像自己这样的天才魔术师要为了三只鸡倒这种楣。韦伯一想到这儿就委屈得想哭，可是他一看到手上的令咒，心情就好转了。

他决定今天晚上就进行仪式，所以这些烦人的鸡也确实来日无多了。

然后他将会得到最强悍的从灵。那件藏在二楼寝室衣柜里的圣遗物——他已经知道那个媒介物能够召来多么伟大的英灵了。

那是一块干裂的、已经半风化的碎布。很久以前，这块布是某位伟大君王肩膀上斗篷的一部分。这位君王歼灭了波斯的阿契美尼德王朝，建立世界第一个大帝国，国土范围从希腊远至印度河流域，是传说中的"征服王"。这位伟人的英灵，今晚就要经由召唤臣服在韦伯的膝下，引领他取得荣耀的圣杯……

"……爷爷、奶奶。今晚我要把鸡送到朋友家还给他，所以可能会很晚回来，你们不必担心。"

"嗯，出门要小心喔。听说最近冬木市治安不太好啊。"

"真的。好像又有人成为那个连续杀人魔的牺牲者了，社会变得好可怕啊。"

韦伯享受漫长悠闲的餐桌时光。吃着切成八片的廉价面包，浸淫在他人生中最美满的幸福感觉中。只不过那些鸡鸣声，听起来还是有一点吵。

# −282：14：58

这片黑暗沉淀在累积了一千年的执念中。

卫宫切嗣与爱莉斯菲尔受家主的传唤前往艾因兹柏恩城的礼拜堂——那是这座被风雪冰封的古城中最壮丽同时也是最黑暗的场所。

那里当然不是颂赞上帝恩宠、抚慰心灵的地方。在魔术师的城堡中，所谓的祈祷场所就是执行魔导式典的地方。

所以切嗣仰起头看到的彩绘镶嵌玻璃所描绘的也不是圣人画像，而是艾因兹柏恩家追求圣杯的漫长历史。

即使在初始三大家中，艾因兹柏恩耗费在圣杯上的时光也是最长久的。

艾因兹柏恩家将自己封闭在冰冻的深山当中，断绝与外界的往来。从大约一千年前就在追求圣杯的奇迹。他们的探求之旅可以说是不断重复着挫折、屈辱以及痛苦的挣扎。

两百年前，艾因兹柏恩家终于放弃了独力探索的方式，开始和远坂与魔奇里等外部家族合作。

但在之后展开的圣杯战争中，艾因兹柏恩家总是因为召主的战斗力略逊一筹而从未取得过胜利——结果在九年前，他们被迫决定从外界招揽骁勇善战的魔术师。

说起来，卫宫切嗣是一直以血统纯正为傲的艾因兹柏恩家不惜第二次改变信念而准备的王牌。

切嗣走在回廊上，无意间把目光停留在一片比较新的彩绘玻璃窗上。

上面画的是艾因兹柏恩家的"冬之圣女"里兹莱希·羽斯缇萨以及随侍在她左右的两位魔术师对着天上一盏杯子伸出双手的模样。只要用心观察这幅画的构图与平衡，就可以明显看出两百年前艾因兹柏恩家是多么瞧不起远坂家族以及魔奇里家族，现在不得不仰赖他们两家协助的事实又让艾因兹柏恩家感到多么羞耻。

切嗣独自在心中露出嘲讽的苦笑。如果他能在这次战争中胜利，自己的模样是不是也会像这幅画一样，以一种充满怨气情绪画在彩绘玻璃上？

掌管这座寒冬之城的老魔术师已经站在祭坛前面等候切嗣与爱莉斯菲尔了。

老人名叫约布斯塔海特·冯·艾因兹柏恩。自从他继承第八代家主之位后就以"亚哈特"为名号。他几次延长寿命，活了将近两个世纪的漫长时光，在圣杯"探索"变成圣杯"战争"之后仍然统治着艾因兹柏恩家。

亚哈特老人虽然不知道羽斯缇萨时代的情况，但是从第二次圣杯战争开始，艾因兹柏恩家每每苦吞败绩。面对第三次机会，亚哈特老人心中的焦躁自然是不可言喻。九年前，当卫宫切嗣的"魔术师杀手"恶名无人不知无人不晓时，急于打赢战争的亚哈特老人就是看中切嗣的本事，决定把他迎入艾因兹柏恩家。

"老夫以前派人去康沃尔寻找的圣遗物终于在今天早上送到了。"

亚哈特老人捋着让人联想到结冰瀑布的白色长须，那双完全不见衰老的强烈目光由深陷的眼窝中直射切嗣。虽然切嗣已经在这座古城住了很长一段时间，但每次和老城主见面时，他总会从他身上感受到一股近乎偏执的无形压力，让人厌恶。

老城主的手朝祭坛上一比。只见上面郑重其事地摆放着一只黑檀木制的长柜。

"只要有这个物品作为媒介物，必定能够召唤众人所能想到的从灵中最强大的'剑之英灵'。切嗣，这就是艾因兹柏恩家提供给你最有力的支援。"

"真是感激不尽，家主大人。"

切嗣摆出一脸的漠然，然后深深地低下头。

圣杯对于艾因兹柏恩家打破开宗以来的传统，吸收外来血统这件事似乎没有什么意见，轻易就接受了。早在三年前，令咒就已经出现在卫宫切嗣的右手上，他将会背负艾因兹柏恩家千年的夙愿，参加即将开始的圣杯战争。

老家主把视线移到站在切嗣身边，同样低垂着头，神色恭谨的爱莉斯菲尔身上。

"爱莉斯菲尔，容器的状况如何？"

"没有任何问题。就算在冬木之地，容器应该也能顺利运作。"

爱莉斯菲尔的回答简洁有力。

"万能之釜"这个许愿机器本身只不过是一种灵质，并没有实体。因此如果想要让它成为"圣杯"，就必须使它降灵在可供依附的"圣杯容器"当中。换句话说，七位从灵的圣杯争夺战也可以说是一种降灵仪式。

从圣杯战争开始以来，一直都是由历代艾因兹柏恩家族负责制造当做容器的人造圣杯。而本届的第四次圣杯战争中，受命保管"容器"的人就是爱莉斯菲尔。她也必须陪同切嗣前往冬木市，置身于战地。

亚哈特老人的眼神精光闪闪，极近疯狂，重重点头道："这次一定……一个人都不许留下！杀光其余六名魔术师，一定要完成第三魔法'天之杯'！"

"遵命！"

魔术师与人工生命体，这一对命运与共的夫妻同声应和老家主怀着诅咒的激情所发下的命令。

但是在切嗣的内心，他对这位垂老家主的执着丝毫不以为然。

完成……艾因兹柏恩之主心中千万种思绪全部都灌注在这两个字上。没错，艾因兹柏恩家的精神只剩下对于"完成"的执着而已。

为了寻求这项能将灵魂物质化的失传神技，艾因兹柏恩家耗费了一千年的时光……在这段遥远漫长的漂泊中，他们已经把手段和目的完全混淆了。

艾因兹柏恩家想要得到圣杯的目的只不过是需要一个证据，证明自己漫长的探索不是白费工夫，只是想要确认"意义的存在"而已。至于召唤圣杯是为了什么原因？这种目的意识早已经不在他们的关心范围之内了。

"好吧。我就照你的期望，亲手完成你们一族所追求的圣杯。"

切嗣在心中低语，坚定的意志丝毫不逊于亚哈特老人。

"不过，我不会让事情就这样结束的。我要用'万能之釜'的力量完成我自己的夙愿……"

×　　　×

回到房内的切嗣与爱莉斯菲尔打开老家主交给他们的黑色长柜。里面的物品让他们看得目不转睛。

"没想到他们真的找来这种宝物……"

就连平常情绪鲜少有起伏的切嗣，这次似乎也深受感动。

那是一只剑鞘。

以黄金为底材，再施以绚丽的蓝色珐琅作为装饰。华美的外观让这只剑鞘与其说是武器，更让人联想到王冠或是权杖之类展现贵人权势的宝物。雕刻在中央部位的刻印是失传已久的妖精文字，证明这只剑鞘并非人类所打造的工艺品。

"……太让人惊讶了！竟然连一点小伤痕都没有。这真的是一千五百年前的东西吗？"

"这是因为剑鞘本身就是一种概念武装，不会像普通物质一样风化。就算不拿来当作召唤的媒介物，这件圣遗物也是已臻魔法境界的珍宝。"

爱莉斯菲尔毕恭毕敬地伸手从装有内衬的长柜之中捧起黄金剑鞘。

"只要配戴这只剑鞘，就能像传说一样治疗持有者的伤势、停止老化……不过前提是要有'原本的主人'供给魔力才行。"

"也就是说只要配合召唤出来的英灵一起运用的话，这只剑鞘也可以当作'召主的宝具'使用吧。"

切嗣并没有沉浸在剑鞘巧夺天工的美丽做工中太久，他的思考很快就转向如何将这项宝物当作"一件实用的道具"利用。爱莉斯菲尔见状，有些无奈地苦笑说："这种理论真有你的风格。

道具毕竟只是道具，是吗？"

"真要这么说的话，从灵也是一样。对召主来说，不管是哪一位享誉天下的英雄，只要召唤为从灵，就等同是一件道具……对从灵抱有任何奇怪幻想的人绝对不可能在这场战斗中生存下来。"

每当切嗣收起父亲或是丈夫的情感，露出战士的一面时，他的表情就会变得无比冷酷。以前爱莉斯菲尔还不了解丈夫的内心世界之时，曾经对切嗣如此冷峻的表情感到无比畏惧。

"就是因为你的这种想法，所以这只剑鞘才正适合你使用——大老爷应该就是这样判断的吧。"

"真是如此吗？"

切嗣的脸上明显露出不悦之色。如果知道招赘的女婿对自己千辛万苦准备的圣遗物竟是这种反应，亚哈特老人一定会气得说不出话来吧。

"你对大老爷送的礼物觉得不满意吗？"

爱莉斯菲尔非但不责怪切嗣出言不逊，反而兴致勃勃地问话。

"怎么会不满意？老爷子做得很好，其他召主应该找不到比这更有力的王牌了。"

"那么你觉得哪一点不好呢？"

"这件圣遗物和英灵的关系这么密切，回应召唤的英灵绝对是他们想要的人选。不过英灵和我这个召主的契合性就……"

原本在召唤英灵的时候，召主的精神个性会大大影响受召唤英灵的性质。如果没有特定对象的话，就会叫出与召唤者灵魂、个性相仿的英灵。可是圣遗物的因缘要素更优先于召唤者个性，圣遗物的来历愈是明确，愈能确定让某一特定英灵降世。

"……你的意思是说和'骑士王'之间的契约关系让你觉得不放心吗。"

"那是当然。世界上大概没有人比我更不适合什么骑士精神了。"

切嗣带着半开玩笑的口气说道。

"正面决战不是我的作风,参加生存竞赛的话就更不用谈。确定目标之后就要攻其不备或是从背后暗算。不在乎时间地点,用最有效率的方式除掉敌人……我可不认为身分尊贵的骑士王大人会愿意配合我的做法。"

爱莉斯菲尔陷入沉默,看着亮丽无瑕的剑鞘出神。

切嗣确实如他自己所说,是一名为了求胜不择手段的战士。他与从前这只剑鞘之主的契合性会有多糟糕,恐怕连试都不必试。

"……可是这样不是很可惜吗?'应许胜利之剑'的剑手绝对是'Saber(剑士)'中最强的一张卡喔。"

是的。

这个闪耀着璀璨光辉的剑鞘正是属于那柄至高无上的圣剑,也就是从古老中世纪以来一直被人传颂至今的骑士王亚瑟·潘德拉贡所遗留下来的物品。

"你说得对。'Saber'本来就号称是圣杯七座当中最强的,如果是那位传说中的骑士王成为'Saber'。我就等于得到了天下无敌的从灵,问题是我们要如何善用这道最强战力。老实说,要论容易驱使的话,'Caster(魔术师)'或是'Assassin(暗杀者)'倒更合我的性子。"

这时候突然传来一阵电子音打断了两人的对话,轻俗的声响与室内奢华的装潢显得格格不入。

"终于来了。"

橡木制作的厚重书桌上随意摆放着一台笔记本电脑，两者之间的组合就像在手术台上摆着一架缝纫机一样突兀。历史悠久的正统魔导家族通常不认为科学技术有什么方便，这一点在艾因兹柏恩家也一样。这台在爱莉斯菲尔眼中看起来怪异无比的小计算机是切嗣带进城的私人物品。魔术师当中很少有人愿意使用这种机械器材，切嗣却不是。之前他要求在城里装电话线与发电机的时候，还和老家主吵了一架。

"……这是什么？"

"这是我派去潜伏在时钟塔的人所传来的报告。我要他们调查参加这次圣杯战争的召主情报。"

切嗣坐回书桌，熟练地操作起键盘，让刚收到的电子邮件显示在屏幕上。爱莉斯菲尔已经听切嗣解释过这叫"网络"，是一项近期在都市中普及的新技术。虽然切嗣细心地说明给她听，但是她根本连内容的十分之一都听不懂。

"……嗯，已经知道身分的召主有四个人。

远坂家派出的人选是……想当然就是现今的家主远坂时臣。属于"火"属性，擅长宝石魔术的棘手人物。

间桐家也有自己的对策，他们似乎硬是把没有继承家主之位的淘汰者培育成了召主。真是胡闹……间桐家的老人也真是拼老命了。

至于外来的魔术师，首先有时钟塔的一级讲师肯尼斯·艾梅罗伊·亚奇波特。这个人我倒是知道，他拥有"风"与"水"两种属性，也是精通降灵术、召唤术、炼金术的专家。协会当中顶尖的魔术师要来参加战斗倒是一个麻烦的人物。

还有圣堂教会也派了一个人……言峰绮礼，原本是"第八"的代行者、监督者言峰璃正神父的儿子。三年前拜在远坂时臣门下，后来因为获得令咒而与恩师决裂……哼，这家伙看起来就很有问题。

爱莉斯菲尔在旁边无所事事地看着切嗣继续把画面向下卷动，一件一件阅读报告内容的细节。

忽然她发觉切嗣注视画面的表情紧绷起来，神色肃然。

"……怎么了？"

"这个人，言峰神父的儿子。他的经历已经都查出来了，可是……"

爱莉斯菲尔从切嗣的背后看着液晶屏，目光停留在切嗣指出的地方。因为她不习惯从不是纸张的电子屏上看字，所以读起来很辛苦，不过她不能在神情严肃的切嗣面前发这种牢骚。

"……言峰绮礼，一九六七年出生，年幼时就开始跟着父亲璃正进行圣地巡礼。一九八一年自茫莱撒的圣依纳爵神学院毕业……跳级两年，而且还是首席？真是一位了不起的人物呢。"

切嗣悻悻然地点头。

"要是以当初的状况继续下去的话，他很有可能会成为枢机主教。可是他却在这时候离开坦荡仕途，自愿加入圣堂教会。明明多的是其他机会可以选择，为什么偏偏甘心委身于教会的地下组织？"

"是不是因为受到父亲的影响？言峰璃正也隶属于圣堂教会吧。"

"要是如此，从一开始他就应该与父亲一样以回收圣遗物的工作为目标。他最后的落脚处虽然确实与父亲相同，但在此之前他三次辗转变更所属单位，还曾经一度被任命为‘代行者’，那时候他才十几岁，这可不是靠着半吊子的毅力就能办到的事。”

代行者是圣堂教会中最为血腥的部门，专门负责讨伐异端，称得上是修罗恶鬼的巢穴。得到“代行者”的称号意味着此人历经过严苛的修行，已经成为活兵器，同时也是一等一的杀手。

“他会不会是宗教狂热分子？因为年纪轻，心思太过单纯导致过度迷信而不可自拔的例子也不是没有啊。”

可是切嗣否定了爱莉斯菲尔的意见。

“应该不是……真是这样的话，就无法解释他这三年来的状况。如果对宗教信仰有洁癖的话，根本不可能转任到魔术协会。圣堂教会似乎确实命令他转任，而他效忠的对象也有可能不是宗教教义而是组织。但即使如此，他也没有道理这么苦心学习魔术。你看，这是远坂时臣向魔术协会提出的关于言峰绮礼的报告。他已经学得的魔术种类有炼金术、降灵术、召唤术、占卜术……在治愈魔术方面的成就甚至超越其师远坂时臣。他这种热忱究竟是从何而来？”

爱莉斯菲尔继续向下阅读，看完汇整在报告最后的对于言峰绮礼的能力分析。“老公，这个叫做绮礼的人确实很奇怪，但是有必要对他这么注意吗？虽然他好像学了不少技艺在身，但是并没有什么特别出色的地方啊。”

“是啊，就是这一点让我愈来愈觉得可疑。”

切嗣耐心地对满腹疑惑的爱莉斯菲尔解释道：“不管叫这个男人做什么事，他都无法达到‘超一流’的境界。他没有什么天赋才能，完完全全只是一个平凡人。但是他光靠着努力，就能把自己能力所及的学问学到炉火纯青，而且学习时间短得吓人，锻炼的严苛程度恐怕是常人的十倍、二十倍吧。而像他这样一路苦学，只差最后一步就能大成的时候，他却可以毫不惋惜地掉头去学习其他学问，好像之前的成就对他完全一文不值似的。"

"……"

"虽然这个男人总是选择比他人更加苛刻的生活方式，但是他的人生中却没有一丝热情。这家伙……肯定是个危险人物。"

切嗣最后做出了这样的结论，爱莉斯菲尔也明白他这句话背后所隐藏的涵义。

当他说出"棘手"这两个字的时候，虽然对敌人有所警觉，但是实际上还没将对方视为威胁，在他心中对这类敌人已经掌握了八分的应对主意与胜算。但是"危险"这两个字……是卫宫切嗣认定对方需要他拿出真本事对抗时才会给予的评价。

"这个男人一定什么都不相信。他累积那么多经验，一心只想求一个答案，结果到头来还是一场空……他就是这么一个完全空荡荡的人。假设在他心中真的存有什么事物，那就只有愤怒与绝望了。"

"……你的意思是对你来说，这名代行者比远坂时臣或是亚奇波特更强吗？"

经过一段沉默后，切嗣深深地点头回应。

"……他是个可怕的男人。远坂或艾梅罗伊爵士确实都是强敌，可是这个言峰绮礼的'内在本质'更让我觉得可怕。"

"内在本质？"

"这男人心中一片空虚，没有任何可以称之为愿望的想法。像他这种人为什么要追求圣杯，甚至不惜赌上自己一条命？"

"……难道不是因为圣堂教会的指示吗？我听说他们误以为

冬木的圣杯与圣人有关，所以一心想抢到手。"

"不是，圣杯不会把令咒赐给动机如此浅薄的人。这个男人已经被圣杯选为召主，他身上一定有什么因缘，让他有资格获得圣杯。就是因为不知道是什么才可怕。"

切嗣深深叹了一口气，阴沉的眼神直盯着液晶屏看，试图从一行行干燥无味的文字所描绘出的言峰绮礼的人物像中再多找出一些情报。

"你认为像这种内心空洞、没有任何愿望的人得到圣杯的话会如何？这个男人的一生是由一次又一次的绝望累积起来的，说不定他会让圣杯实现愿望的力量也染上绝望的色彩。"

爱莉斯菲尔对沉浸在消极中的切嗣用力摇摇头，带着纠正的口吻说道："我保管的圣杯容器绝对不会交给任何人。当圣杯盈满的时刻，手捧圣杯的只会是一个人——切嗣，那就是你。"

即使艾因兹柏恩家的长老汲汲营营只是期望完成圣杯……但是对这两名年轻人来说，他们完成圣杯之后还有愿望与梦想要实现。

切嗣关上笔记本电脑，搂住爱莉斯菲尔的肩膀。

"无论如何我们都不能输。"

他的妻子此时抛开自己家族的夙愿，选择与丈夫同心协力。这个事实深深打动了切嗣的心。

"……我想到一个好主意了，一个能够把最强从灵的力量发挥到极致的方法。"

# −282：14：41

　　就在同一时刻，隔着汪洋大海的东方也有一个人与卫宫切嗣一样，从潜伏在英国的间谍那里接获情报。

　　身为正统魔术师的远坂时臣和切嗣不同，不愿意使用世俗的最新科技。他仰赖的远距离通信方法是代代传承宝石魔术的远坂家所特有的密法。

　　远坂宅邸坐落在冬木市深山町的丘陵上。时臣的工作室位于宅邸的地下室，设有一台与俗称Y形摆的实验器材颇为类似的装置。这台装置和一般物理科学道具略有不同，悬挂在底下的重物是远坂家传承的魔力宝石，墨水会从上方沿着吊线滴落后沾湿宝石。

　　时臣将和这颗摆垂宝石成对的另一颗宝石交给他的间谍。只要将那颗宝石嵌在笔轴前端书写，摆垂宝石就会与之共振开始摆动，滴落的墨水会在下方的纸卷上分毫不差地描出文字。

　　现在魔石摆垂正开始与位在地球另一端伦敦的对石共振，以一种看似毫无规律又奇妙的往返运动流畅地重现报告者的笔迹。

　　发觉到魔石正在动作的时臣拿起墨水未干的纸张，逐一阅读纸上的记录内容。

　　"……不管看几次，我还是觉得这个装置很诡异。"

　　言峰绮礼在时臣身边看着他，老实地说出心中想法。

"呵呵，对你来说是不是使用传真机比较方便？使用这台装置的话不必用电也不会故障，更不用担心情报泄漏。即使不依赖那些新技术，我们魔术师也早已拥有不输给那些技术的便利道具了。"

但是在绮礼看来，传真机人人会用，便利性其实高得多。可是这种"任何人皆可使用"的必要性一定不在时臣的理解范围吧。贵族和平民得到的情报与知识当然不同……时臣在这个时代还保有这种传统的想法，真是称得上不折不扣的"魔术师"。

"这是来自'时钟塔'的最新报告。'神童'艾梅罗伊爵士好像又取得新的圣遗物了，这么一来他也确定会参加。嗯，他有可能会成为我们强而有力的对手。如此看来，已经确定身分的召主连同我们就有五个人了……"

"到这时候竟然还有两个空席，真是启人疑窦。"

"没什么，应该只是没有适合接受令咒的人选罢了。只要时候一到，不管资质优劣，圣杯都会选出七个人。像这种滥竽充数的人大多只是一些小人物，不需要太在意。"

这种乐观的想法很符合时臣的个性。绮礼拜在时臣门下已经有三年的时间，对时臣非常了解。他这位师父事前准备总是极为细心周到，可一旦要付诸实行时，往往会忽略一些身边小事。绮礼早已经明白注意这些旁枝末节应当是自己的责任。

"对了，提到要小心注意的事……绮礼，应该没有人看到你走进这栋房子吧？因为表面上我们已经是敌对关系了。"

经过捏造的事实已经依照远坂时臣的计划散布出去。虽然绮礼在三年前就被圣杯选上，但是在时臣的命令下，他一直小心翼翼地隐藏右手的刻印，直到这个月才对外发布得到令咒的消息。

从那时开始，对外他与师父时臣之间的关系已经因为争夺圣杯而宣告决裂。

"请不用担心。没有任何有形或无形的使魔或魔导器在监视这栋宅邸。这一点……"

"……这一点，我可以向您保证。"

第三者的声音打断了两人的对话，一道黑影悄然出现在绮礼身旁。

黑影一直以灵体的状态随侍在绮礼身边，此时才化出实体出现在时臣面前。

这道高大细瘦的身影与一般人类不同，带着庞大的魔力，是个"非人之人"。他身披漆黑外袍，戴着白色骷髅的面具隐藏面孔，看上去十分诡异。

没错，他就是第四次圣杯战争中最早被召唤出来，因为与言峰绮礼缔结盟约而成为"Assassin（暗杀者）"之座的从灵——哈桑·萨巴哈（Hassan Sabbah）的英灵。

"不管敌人使出任何伎俩都不可能瞒过间谍英灵哈桑的双眼。现在吾主绮礼的身边感觉不到有任何人追踪……请您放心。"

Assassin已经了解时臣是地位更高于主人绮礼的领导人物，因此对他恭敬地垂首报告。

绮礼继续说道："如果有英灵接受圣杯的召唤，父亲那里一定会知道是何种属性的从灵。"

璃正神父因为担任圣杯战争的监督者，以专任司祭的名义被派到冬木教会。在他手边有一件叫做"灵气盘"的魔导器具，能够显示出圣杯召唤出的英灵属性。

虽然召主的身分只能依靠各自呈报的方式确认，但是只要有从灵降世，不管在任何地点进行召唤，监督者都能够利用"灵气盘"掌握人数与属性。

"根据父亲的消息，现在已经现世的从灵只有我的 Assassin 一人。应该还要再过一段时间其余魔术师才会开始行动。"

"嗯，这只是时间上的问题，不久后这栋宅邸周围就会有其他召主派出的使魔出没。因为这里、间桐家以及艾因兹柏恩的别墅必定是召主的根据地。"

外来魔术师对初始三大家的优势就是身分不明。因此在圣杯战争的初期阶段，三家都会派出间谍，全力进行情报战。

绮礼并不是不相信时臣的情报网，但是他也担心剩下两名不见庐山真面目的魔术师可能利用更高明的手段躲过时臣的情报搜集，隐藏自己的身分。对付这种深谋远虑的敌人，绮礼的暗杀者从灵就可以发挥最大的力量。

"这里已经没事了。Assassin，继续注意外面的状况，连一点风吹草动都不能放过。"

"遵命。"

Assassin 接到绮礼的命令，再次化为灵体消失。从灵的本质就是灵体，所以能够自由地从实体转变为灵体。

Assassin 具备一项其他从灵没有的特殊能力——"隐蔽气息"，潜伏行动的能力无人能出其右。绮礼的目的是帮助时臣，而不是追求自身的胜利。对他来说，召唤 Assassin 是最适当的选择。

他们两人的战略如下。

首先派出绮礼的 Assassin 四处奔走，彻底调查其他召主的计划、行动方针以及从灵的弱点。检查讨论出针对各个敌人的有效战略之后，再由时臣的从灵逐一击破。

因此时臣打算召唤一个以强大攻击力为主的从灵。可是绮礼到现在还没听说时臣看上的是什么英灵。

"我准备的圣遗物在今天早上终于送到了。"

或许是从绮礼的表情看出一丝端倪，时臣在绮礼开口之前就先说道。

"我找到了我要的物品，召唤出来的从灵绝对更胜于其他敌人。只要是英灵，恐怕没有一个人是他的对手。"

时臣露出满意的微笑，表情里充满了他特有的骄傲。

"今晚就来进行召唤仪式吧。既然没有其他召主的监视，绮礼你一起参加，也请令尊出席。"

"父亲也要参加吗？"

"对，如果顺利召唤成功的话，就可以确定我们能够胜利。我想要让大家一起分享这份喜悦。"

在人前展现这种近乎傲慢的自信，却又没有刻意炫耀之感，这点也可以说是远坂时臣的特质吧。绮礼对时臣的器量之大，不只感到惊讶也觉得敬佩。

忽然，绮礼向摆垂宝石看去。宝石直到现在还在摇动着在纸卷上写字。

"好像还有其他内容。"

"嗯？那是另外一个调查事项，不是什么最新的消息。我委托他们调查一名男子，那个人有可能会成为艾因兹柏恩家的召主。"

艾因兹柏恩家与世隔绝，就算是伦敦的时钟塔也非常不容易收集到他们的情报。可是时臣以前就曾经说过他可能知道那名召主。他卷起手中的报告纸放在书桌上，拿起另一份报告纸。

"大约在九年前，一向以自身血统纯正为傲的艾因兹柏恩家突然招了一名外来魔术师入赘。当时在协会也造成一些传闻。可是真正看穿他们在打什么主意的人大概只有我和间桐家的老人吧。艾因兹柏恩家的魔术师特别专精于炼金术，原本就不适合与人动武，在过去的圣杯战争中之所以落败都是这个原因。现在，那群人终于也按耐不住了。由此可知他们找来的魔术师是何等人物。"

时臣一边说，一边把资料看过一遍后递给绮礼。绮礼一眼看见"调查报告：卫宫切嗣"后，微微眯起眼睛。

"这个名字……我曾经听过，好像是一个相当危险的人物。"

"哦，就连圣堂教会都听说过他吗？'魔术师杀手'卫宫可算恶名远播啊。表面上他是不属于协会的独行客。可是组织上面的人为了办事方便，一定时常和他有所接触吧。"

"以我们教会的说法，他就像是代行者吗？"

"比代行者更加恶劣。他就像是专门对付魔术师的职业杀手。因为身为魔术师，所以了解魔术师，以最不像魔术师的方式迫害魔术师……就算利用卑鄙的战斗方式也毫不在乎，他就是这种人。"

时臣厌憎的语气反而让绮礼对那个叫卫宫切嗣的人物产生了兴趣。绮礼以前确实听说过他的传闻，这个人似乎曾经和圣堂教会对立，也曾有人告诫绮礼对这个人要特别小心注意。

绮礼读着时臣交给他的资料，其中大部分的内容都是关于卫宫切嗣的战术考察——分析几件疑似是他下手的魔术师横死或失踪案件以及他的杀人手法。绮礼愈看就愈明白为什么时臣对这名男子如此忌惮。狙击、毒杀不过是小意思，内容里还提到他公然在人群面前使用炸弹杀人或是在魔术师乘坐飞机时连人带机一起击落……等等令人难以置信的内容。这份报告甚至推测过去几件被民间当成非特定恐怖行动的惨案也是卫宫切嗣针对单一魔术师所犯下的罪行。虽然没有明确的证据，但是从报告上列出的几项举证看来，可信度很高。

用"暗杀者"三个字来形容这个人再贴切不过。魔术师之间的争执时常演变成互相攻杀，但是这些战斗往往只是单纯的比斗魔术，采用类似决斗的形式解决。在这方面上，圣杯战争也一样，虽然名为"战争"，但绝不是无秩序的任意滥杀，必须严格遵守几项规定与铁则。

在卫宫切嗣的战史上，完全找不到他曾经使用"一般魔术师的方法"战斗过的记录。

"魔术师是超脱于世俗法规的人种，正因为如此，所以才更需要严格约束自己的行为，"时臣语带愠怒，断言道，"可是这个叫卫宫的男人完全不择手段，连一点身为魔术师的尊严都没有。我绝对不能原谅像他这种无耻之徒！"

"您是说……尊严吗？"

"没错。这个人在过去成为魔术师时一定经历过严格锻炼，他心中应该有某种信念支持他熬过锻炼的艰苦。一名魔术师就算获得力量之后，也绝对不能忘记最初的信念。"

"……"

时臣的说法并不正确。这世界上就是有一些愚蠢的人不为任何目的而埋首于苛刻的训练当中。绮礼比任何人都明白这一点。

"那么这个卫宫切嗣当杀手目的是什么？"

"十之八九是为了金钱吧。自从他被带进艾因兹柏恩家之后就再没有犯下任何大案。他肯定获得了一笔可以一辈子不愁吃穿的庞大财富……这份报告书中也有提到，不光魔术师暗杀与他有关，世界各地只要哪里一出事，他似乎就会去赚些小钱。"

正如同时臣所说，除了与魔术师有关的事件之外，报告书的结尾还洋洋洒洒列出了一长串卫宫切嗣的经历。全世界想得到的纷争地区都可以看到卫宫切嗣的身影。看起来他不只是当杀手，佣兵工作也让他狠狠赚了不少钱。

"……这份文件可以借我看看吗？"

"拿去无妨。希望你能代替我仔细研究里面的内容，我还要忙着准备今晚的召唤仪式呢。"

×        ×

绮礼离开地下工作室回到一楼，恰巧在走廊上遇见一名少女正在和一个特大号皮箱苦苦缠斗。

"你好，凛。"

绮礼淡淡地对凛打了声招呼。少女停下拖行皮箱的脚步，一双大眼睛直直地盯着他看。绮礼和凛共同生活在一个屋檐下已经将近三年，但是少女注视他的眼神中始终带着一丝猜疑之色。

"……你好，绮礼。"

尽管语气有些不自然，凛还是很有礼貌地回答了。她虽然还年幼，但是落落大方的态度已经具备了一些淑女风范。不愧是远坂时臣的女儿，果然与其他同年龄的小学生不同。

"你要出门吗？怎么带这么多行李。"

"是啊。从今天开始我就要搬到禅城家去住了，上课的时候也会从那边坐电车去学校。"

在圣杯战争开始之前，时臣决定把家人送到邻镇的妻子娘家暂住。做这个决定的原因当然是因为冬木市即将成为战场，不能让她们留在这里，暴露在危险之下。

可是女儿凛似乎对这项决定甚感不服，此时在绮礼面前虽然举止得宜，但是从她高高噘起的可爱小嘴看来，心里一定很不高兴。虽然已经是位小淑女了，但毕竟还是个孩子，没办法要求她和大人一样成熟。

"绮礼会留在父亲的身边和他一起战斗，对不对？"

"对，因为我就是为了这个目的才成为你父亲的徒弟的。"

凛不是一个普通的无知小孩。为了让她成为远坂家魔导的继承人，时臣很早就开始对她施行英才教育，因此她对冬木市即将展开的圣杯战争已经有了很初步的认识。

凛知道父亲要他们到母亲娘家避难的原因，也明白这是很正确的做法。但她仍然心怀不满，原因是在她离家之后，唯有绮礼还能目中无人地在远坂宅里来去自如。

凛身为正统继承人，对父亲时臣非常崇敬。但也因为这份崇拜，使得她对比自己更早一步拜在时臣门下学习魔术的绮礼怀有敌意。

"绮礼，我可以相信你吗？你能够答应我，一定会保护父亲平安无事吗？"

"我不能向你保证。如果这场战斗这么好打发的话，就不需要送你和夫人去避难了。"

绮礼丝毫不假辞色，淡淡地说出事实。这让凛更加不高兴，怒气冲冲的眼神瞪着面无表情的师兄。

"……我还是不喜欢你。"

只有在少女发起这种小孩性子时，绮礼才对她抱有一点好感。

"凛，不可以把这些心里话在他人面前说出来。不然别人会怀疑你父亲的品格，怀疑他没把你教好。"

"这和父亲有什么关系！"

一听见绮礼搬出父亲，凛胀红着脸大发脾气。绮礼就是想要看她这种反应。

"你听清楚了，绮礼。如果因为你偷懒，害父亲受伤的话，我绝对不会原谅你！我……"

就在这个绝妙的时机，葵恰巧从玄关外走进来。她已经打理好要出门，应该是迟迟等不到凛才回来看的吧。

"凛！你在做什么，说话这么大声。"

"……啊、呃……我……"

"凛想在离开之前为我加油打气呢，夫人。"

看见绮礼若无其事地为自己说话，凛更加觉得怒火中烧，可是她不能在母亲面前发作，只好转过头去。

"凛，我来帮你搬行李吧。这皮箱太重了，你搬不动。"

"不用！我自己能搬！"

凛使出比刚才更大的力气拉扯皮箱，却让自己更加举步维艰，好不容易才勉强走出玄关。绮礼知道自己的行为很幼稚，可是每次一有机会，他总是忍不住想要捉弄凛一番。

葵留在玄关，对绮礼低下头。

"言峰先生，我丈夫就劳烦你多费心了。请你帮助他实现他的夙愿。"

"我会尽力而为，请您放心。"

站在绮礼的角度来看，他也认为这名叫远坂葵的女性是一位完美的妻子。葵的个性含蓄贤惠又细心，了解丈夫的个性又不多加干涉，将妇道放在爱情之前，打点好日常生活的一切事务。在从前，这样的人想必是贤妻良母的代表吧。现今这个女权主义高涨的社会中，她这样的人简直就和化石一样稀有。远坂时臣确实选了一个最适合自己的人作为伴侣。

绮礼送母女俩到门口的停车处。她们用的不是出租车，而是葵自己开的轿车。看来不只是司机不在，远坂家所有的佣人都放假离开了。这不光是避免波及其他无关的外人，同时也是为了防止间谍渗透。时臣完全没有想到要防范佣人，这么做是出自于绮礼半强迫性的建议。

车子离开之前，凛还偷偷趁母亲不注意的时候对绮礼吐舌头。绮礼只是苦笑着目送车子离去，然后转身回到空无一人的屋内。

×　　　　×

时臣还在地下工作室里没出来。绮礼大摇大摆地占据无人的客厅，重新详读那份关于卫宫切嗣的报告书。

他不知道自己为什么对这位素未谋面的异端魔术师这么感兴趣。大概是因为老师时臣讨厌的人，反而让自己有某种愉快的感觉吧。

绮礼在这栋宅邸与时臣维持了三年的师徒关系，说起来实在讽刺。

绮礼的学习态度诚恳，学得又快，在老师眼里他似乎是个极为优秀的学生。曾经身为圣职者，绮礼本来应该对魔术唯恐避之不及。但事实上他对各种领域的魔术都抱有兴趣，用极佳的学习能力学会所有的秘技，这种积极的态度让时臣非常喜欢。现在的时臣非常信任绮礼，甚至要求独生女凛将绮礼当成师兄看待。

可是相对于时臣的热情，绮礼的内心却愈来愈冷漠。

绮礼自己并不是因为喜好才沉浸在修炼魔术中，只是因为他长久以来在教会修身却一无所获，因此对魔术这种价值观完全不同的学业抱着一些期待罢了。但结果却惨不忍赌，对魔术世界的探索依旧无法带给他喜悦与满足，只是让他心中的空洞更加扩大。

时臣似乎完全没有发觉绮礼心中的失落。绮礼之前认为"时臣与父亲璃正相同"的推测果然一语成谶。时臣对绮礼的评价与信任就和璃正一模一样。

父亲与时臣这种人与自己之间有一道无法跨越的界线，绮礼无数次被迫面对这样的现实。或许就是因为这个原因，才会使他对时臣厌恶的人物产生兴趣。这个叫做卫宫切嗣的人有没有可能和自己一样，属于"界线的这一边"？

时臣对卫宫切嗣的戒心，看起来单纯只是忌惮"魔术师杀手"的外号而已。时臣委托制作的这份报告书，重点也只放在"对魔术师的战斗经历"上，对其他事情没有更多的叙述。

可是，当绮礼依照时间顺序看完切嗣这个人的经历后，他心中渐渐确信……

这名男子的所作所为背负着极大的风险。

在切嗣被艾因兹柏恩家收留之前的佣兵时代，他曾经完成过几项任务。这几项行动之间的间隔时间太过短暂。如果把准备阶段或是计划的时间一起算进去，就只有一种可能性，那就是他同时进行多项任务。不只如此，他在各个战乱地区出没的时机竟然都是当地战况最白热化、最危险的时候。

这种自杀式的行动原则仿佛是一种逼迫自己去送死的强迫观念。

绮礼能够断定，这个叫做切嗣的人没有利己之心。他的行为在利益与风险之间的取舍根本完全失衡，这种人不可能是着眼于金钱利益的佣兵之辈。

那么……他要的到底是什么？

"……"

不知何时，绮礼已经把报告书放到一边，陷入沉思。卫宫切嗣超乎常人想象的严苛经历让绮礼有一种亲近感。

时臣称呼卫宫切嗣为没有尊严的魔术师、丧失信念的男人。

如果真是如此，他那种盲目又激烈、简直自寻死路般的经历又是怎么回事……或者，这会不会是他为了寻找已经丧失的答案而展开的巡礼？

切嗣一再重复的战斗行为在九年前突然结束。他遇上了正在寻找能够赢得圣杯的决斗者的北方魔术师艾因兹柏恩。

也就是说他在那时候找到"答案"了。

现在绮礼非常期盼与卫宫切嗣见面，他终于找到参与冬木之战的意义了。

绮礼依然对圣杯没有兴趣，可是如果切嗣愿意为了圣杯打破九年的沉默，那么绮礼排除万难参加圣杯战争也有了意义。

他一定要问问那个男人：你到底为何而战？在这条路的尽头，你又得到了什么？

绮礼无论如何都要会一会卫宫切嗣，即使是在赌上双方性命的死亡战场也在所不惜。

# −271：33：52

　　从结果来看，间桐雁夜的精神力最终熬过了苦痛，可是肉体就不一定了。

　　在接近第三个月的时候，他的头发已经完全变白，全身到处都是纠结隆起的伤疤，没有伤痕的地方全都失去血色，变成如阴间幽鬼般的死灰。魔力像毒素般流过他的静脉，让静脉膨胀起来，从皮肤外都隐约可见，就像全身布满了青黑色的细微裂缝。

　　肉体的崩坏就是这样，比想象中还要快速。特别是左半身的神经更是严重受创，他的左手左脚甚至有一段时间完全瘫痪。虽然勉强以应急复健重拾机能，但是现在左手的感觉仍然比右手稍微迟钝一些。只要走快一点，左脚就会不听使唤，在地上拖行。

　　因为心律不齐造成的心悸已是家常便饭。饮食方面，雁夜已经无法摄取固体食物，只能依靠注射葡萄糖存活。

　　从现代医学的观点来看，雁夜的身体机能还能运作已经是一件非常不可思议的事。讽刺的是，雁夜至今还能屹立不倒的原因竟是受惠于他用生命换来的魔术师魔力。

　　刻印虫在这一年的时间当中不断啃噬雁夜的身体，终于成长到足以模拟魔术回路运用。这些虫子现在正厚颜无耻地发挥着它们的力量，尽量延续宿主的生命。

　　如果只论魔术回路的数量，现在雁夜的魔术师能力已经到达相当的程度，修炼的成果似乎连间桐脏砚都感到很意外。三道令咒清清楚楚地浮现在雁夜的右手上，圣杯终于也承认他是间桐家的代表了。

根据脏砚的预测，雁夜的生命最多只剩一个月左右。但是对雁夜本人来说，一个月的时间已经足够了。

圣杯战争已经进入最后的倒计时阶段。如果七位从灵全部都召唤出来，说不定第二天就会点燃开战的狼烟。根据过去的经验，战争通常不会超过两周，到雁夜丧命之前还多的是时间。

可是驱使魔术回路运转，就意味着刺激刻印虫，这对雁夜的身体负担不是其他魔术师能比得上的。最糟糕的情况是在战斗分出胜负之前，刻印虫就有可能已经将宿主吃光了。

雁夜必须面对的敌人不只是其他六名魔术师。最大的敌人反而是在他体内蚕食的虫子。

×      ×

这天晚上，雁夜终于要挑战最后的考验。在他前往间桐家地下的半路上，正好遇见了樱。

"……"

樱一看见雁夜就露出畏惧的表情，微微刺痛了雁夜的心。

虽然事到如今雁夜只能接受事实，但是自己竟然成为樱害怕的对象，让他非常难过。

"嗨，小樱……叔叔吓到你了吗？"

"……嗯，你的脸怎么了？"

"没什么，只是有一点毛病。"

昨天雁夜终于丧失了右眼的视力。不只是眼球因为坏死而混浊，就连眼睛四周的肌肉都麻痹了。他的眼睑与眉毛不能活动，左半张脸就像亡者的面容一样僵硬，仿佛戴了一张面具。雁夜在镜子里看到自己的模样都觉得毛骨悚然，也难怪樱会害怕。

　　"叔叔好像又稍微输给身体里的'虫子'了，一定是因为我不像樱这么坚强吧。"

　　雁夜本来想露出苦笑，可大概是因为脸上的表情变得更诡异，樱瑟缩着身子，似乎愈来愈惧怕。

　　"……雁夜叔叔，你好像变了一个人。"

　　"哈哈，或许是吧。"

　　雁夜干笑两声带过，心里却阴郁地低语着："你也是一样啊，樱。"

　　樱现在已经改姓为间桐，和雁夜熟悉的女孩判若两人。

　　她的眼神像人偶般毫无生气，既空洞又阴沉。雁夜在这一整年当中，从来没有在那双眼眸中看过喜怒哀乐的感情。从前那个和姐姐凛一起嬉闹，如同幼犬般天真可爱的小女孩已经不再复见。

　　一想到樱在这一年为了成为间桐家继承人所受到的种种折磨，也难怪她会变成这个样子。

　　樱的肉体确实具备优异的魔术师素质，这一点连雁夜或是他的兄长鹤野都远远不及。但这里指的是樱很适合学习远坂家的魔术，属性与间桐的魔术完全不一样。

　　为了将樱的体质调整为更"类似间桐家"，处理方式就是日日夜夜在间桐家的地下虫仓里，假"教育"之名所进行的虐待行为。

　　儿童的心灵根本还不够成熟。

　　小孩子既没有坚定的理念，也没有将悲伤转化为愤怒的能力，无法运用意志力去面对残酷的命运。非但如此，因为他们还不了解人生的意义，就连希望与尊严的概念都还没有养成。

因此当小孩子被迫面临极端的状况时，他们反而比大人更能轻易扼杀自己的心灵。

因为还不知道人生的喜悦，所以能够舍弃一切；因为还不知道未来的意义，所以能够放弃希望。

雁夜这一整年只能眼睁睁地看着虐待行为让一名少女就这么渐渐封闭自己的心。

雁夜的体内遭受被寄生虫贪噬的剧痛，心中则受自责所煎熬。樱之所以遭此劫难，他绝对要负一部分责任。他诅咒间桐脏砚，诅咒远坂时臣，同样也诅咒自己。

唯一一件让雁夜稍感安慰的是，像人偶般自闭的樱对他没有太重的戒心，每次见面时还愿意和他说上两三句无谓的闲话。不管是基于同病相怜或是由于以前她还是远坂樱时的情谊。无论如何，至少她还把雁夜看作是与脏砚、鹤野这些"教育者"不同类型的人。

"今天晚上我不用去虫仓，因为爷爷说有更重要的仪式要举行。"

"嗯，我知道。所以今天晚上叔叔要代替樱到地下去。"雁夜如此说道。

樱侧首看着他的脸："雁夜叔叔，你要出远门吗？"

或许是孩童特有的敏锐直觉让樱察觉到雁夜的命运，可是雁夜不想再让年幼的樱担不必要的心。

"叔叔有重要的工作，之后要忙上一阵子，所以以后可能没什么时间像现在这样和小樱聊天了。"

"是吗……"

樱的视线从雁夜身上移开，眼神好像注视着某处只属于她一个人的地方。雁夜看不下去，勉强继续搭话："小樱，等叔叔的工作结束之后，大家再一起去玩，好不好？带妈妈和姐姐一起去。"

"妈妈……还有姐姐……"樱有些不知所措，"我没有妈妈和姐姐，爷爷要我当这些人从来没有存在过。"

她的回答充满着迷惘与困惑。

"这样啊……"

雁夜在樱面前屈膝蹲下，用他还能活动的右手轻轻搂住樱的肩膀。只要把樱抱在胸口前，她就看不到雁夜的脸，也就不会发现他正在流泪吧。

"……那叔叔和小樱就找远坂家的葵阿姨和小凛四个人一起到远方去，大家就像以前那样一起玩吧。"

"……我还可以和她们见面吗？"

轻细的声音从雁夜的胸口处传来，雁夜的手腕更用力抱住她，点点头。

"嗯，当然可以，叔叔向你保证。"

他无法再说更多。

如果可以的话，雁夜很想对她立下不一样的承诺。只要再过几天，我就可以把你从间桐脏砚的魔掌中救出来，只要再忍耐几天就好了。他好想现在就对樱这么说。

可是他不能这么做。

为了勉强保护自己，樱已经用绝望与弃世的念头麻痹自己的精神。一个娇弱的少女为了抵抗难以忍受的苦痛，只能用这种方式把"感觉痛楚的自己"抹去。

雁夜不能对这么一个孩子说些"不要放弃希望"或是"好好保重自己"之类残酷的话语。这种一时的安慰话只能让说话的人心里好过而已。给予樱希望就等于是剥除她那一层名为"绝望"的内心防御，这样会让樱稚嫩的身心在一夜之间崩溃。

所以——

虽然两人同住在间桐家的屋檐下，但是雁夜从来不称自己是来"拯救小樱"。他只是扮演着和樱一样被脏砚"欺负"的软弱大人，陪伴在樱的身边而已。

"……那么叔叔要走了。"

雁夜见自己的眼泪停了，放开抱着樱的手。樱露出平常看不到的柔和表情，仰望着雁夜左边残废的脸庞。

"拜拜，雁夜叔叔。"

虽然年纪还小，但是樱已经察觉到此时应该说别离的话语。

看着樱缓缓离去的寂寥背影，雁夜此时诚心深切地祈祷……希望一切还来得及挽救。

他自己没关系。他已经决定为了樱与葵母女舍弃自己的性命。对他自身来说，所谓的"无可挽救"是打赢圣杯战争之前，自己的生命就先走到了尽头。

真正让他害怕的是樱"无可挽救"——纵使雁夜赢得圣杯，将樱送回母亲身边，那名少女的心灵是否就能卸下那副牢固的绝望外壳，重新回到外界呢？

樱这一年所受的心理创伤一定会跟着她一辈子吧。雁夜希望至少她的心伤能够随着时间流逝而渐渐痊愈，他只希望樱的精神还没有受损到无法挽回的地步。

雁夜现在所能做的只有祈祷。能够治疗那位少女的人不会是他，因为他的生命已经所剩无几，无法扛下这份责任。他只能把这件事托付给拥有未来的人们了。

雁夜转身走向通往地下虫仓的阶梯。

他脚步缓慢，却坚毅不移。

# −270：08：57

在冬木深山町的一隅，杂木林深处里有一片空地。

韦伯·菲尔维特小心确认周围没有人之后，开始着手准备召唤仪式。

第一件事就是将那些今天一整天大鸣大放、不断忤逆韦伯神经的吵人鸡全部痛痛快快地送上黄泉路。

韦伯必须趁着滴落的鲜血还温热的时候，在地面上绘制出魔法阵的图样。他事先已经把顺序练习过好几遍了，消去之中是退去，画出四个退去阵之后再用召唤阵围起来。先后顺序绝对不许出错。

"封闭吧（盈满吧）、封闭吧（（盈满吧）、封闭吧（盈满吧）、封闭吧（盈满吧）、封闭吧（盈满吧）。每回重复五次。唯破弃充盈之时。"

韦伯一边吟唱咒文，一边小心翼翼地将鸡血滴在大地上。

同一时间，同样位于深山町的远坂宅邸地下工作室里，也正在进行同一项仪式的准备工作。

"以银与铁为元素、以石与契约之大公为基础、以吾门宗师修拜欧葛为始祖。以铁壁阻挡降临之风，封闭四方门扉。出于王冠往至王国之三叉路循环不息。"

远坂时臣一边高声吟唱，一边画出魔法阵。绘制魔法阵的材料不是活祭品的鲜血，而是熔解成液态的宝石。为了这一天，长久以来时臣积蓄了许多灌入魔力的宝石，今天他把这些宝石一古脑儿用在了仪式当中。

在他身边观礼的是言峰璃正与绮礼两父子。

绮礼的视线直盯着放置在祭坛上的圣遗物。那件物品乍看之下像是木乃伊的碎片，听说事实上是这世界上第一只蜕皮的蛇皮化石。

一想到这件圣遗物将要召来的英灵，就连绮礼都不禁感到畏惧。

他现在终于明白时臣如钢铁般的坚定自信从何而来了，只要是从灵就绝不可能胜过时臣选择的英灵。


同一时刻，在遥远天之彼方的艾因兹柏恩城，卫宫切嗣正在检查刚才在礼拜堂地上画好的魔法阵。

"用这么简单的仪式就可以了吗？"

爱莉斯菲尔在一旁守候着。在她眼里看来，召唤的准备工作似乎简单得出乎意料之外。

"你可能觉得很意外吧，其实召唤从灵并不需要什么大规模的降灵仪式。"

切嗣一边说明，一边仔细检视用水银画出来的图纹有没有歪曲或是颜色不均匀的地方。

"这是因为实际上召唤从灵的不是魔术师，而是圣杯。我这个召主只要把现身的从灵与这个世界连接在一起，提供魔力让他们实体化就可以了。"

切嗣似乎对魔法阵的完成状况很满意，点点头站起身子，然后把从灵的圣遗物——传说中的圣剑剑鞘设置在祭坛上。

"好，这样子准备工作就万无一失了。"


"召唤咒文已经背得滚瓜烂熟了吧。"

间桐脏砚再一次确认。身处暗处的雁夜点头回应。

这片如深海般墨绿色的昏暗世界充斥着腐臭与酸腐水气的味道。间桐家坐落在深山町的山丘上，而这片黑暗世界就是隐藏在间桐家地下深处的虫仓。

"那就好。现在我要你在召唤咒文中间另外再加入两小节咏唱咒文。"

"什么意思？"

脏砚对一脸狐疑的雁夜露出他一贯的阴沉笑容。

"没什么，小事一桩而已。雁夜，你的魔术师素质与其他召主比起来还有一段差距，这也会影响到从灵的基础能力。那么就必须利用从灵的属性加以补强，提升整体的能力数值。

"方法就是改变召唤咒文，先行决定从灵的属性。

"通常在英灵成为从灵的时候，英灵的属性会决定从灵的属性，无法任意变更。但是有两种属性例外，可以由召唤者在召唤之前先行决定。

"一种是 Assassin。这是因为符合 Assassin 资格的英灵已经特定为一群袭名哈桑的杀手集团中人。

"而另外一种属性则是不管任何英灵，都要接受附加某种特殊要素才可符合其资格，因此这次我要你在召唤出来的英灵身上加上'狂暴化'的属性。"

脏砚似乎很喜欢这项行为背后所代表的毁灭性意义，他满脸喜色地大声说道："雁夜，你就成为'Berserker'之主，好好为我办事吧。"

这一天，在不同的场所、向着不同的对象唱出的咒语却在同一时刻响起，巧合得让人觉得不只是一种巧合。

每一位施术者此时心中都怀抱着相同的愿望。

这群人为了争夺那唯一的奇迹，将要展开以血洗血的决斗。他们向遥远时空彼方的英灵们发出的恳求，此时一起响彻云霄。

传告——

此刻正是考验自己身为魔术师价值的时候，只要一有失误就会一命呜呼。韦伯虽然切身感受到这种危机，却完全不感到恐惧。

追求力量的热情以及朝向目标勇往直前的意志力。只要提到这两种特质，韦伯·菲尔维特绝对算得上是一位优异的魔术师。

——传告。

汝之身交付于吾，吾之命运交付于汝之剑。

若愿遵循圣杯之倚托，服从此理此意的话就回应吧——

他感到魔力在全身奔流，任何魔术师都必须忍受这种魔术回路在体内蠕动的刺骨寒意与痛楚。

韦伯咬着牙忍耐，同时继续咏唱咒文。

——在此立誓。吾乃成就常世全善之人；吾乃散播常世全恶之人——

　　切嗣眼前愈来愈昏暗。刻在切嗣背上，卫宫家世承的魔术回路为了支援他的魔术，正在各自独立进行咏唱。切嗣的心脏已经脱离他个人的意志，受到其他力量的驱动而开始剧烈跳动。

　　从大气中吸收的魔力正在蹂躏切嗣的肉身，现在他的身躯已经遗忘了"人身"的机能，转变为用来达成神迹的零件，成为联系幽体与物质的回路。身体因为魔力的倾轧而发出哀号，切嗣无视痛楚继续集中精神念咒，就连在一旁紧张地看着他的爱莉斯菲尔此时都已经不在他的意识范围之内。

　　雁夜将禁忌的异物混入召唤咒文当中，这两节掺杂进去的咒语将会让降临的英灵失去理智，代表疯狂的属性。

　　——然汝之双眼必为混沌所蒙蔽。汝身陷狂乱之囹圄，吾将掌握束缚汝之锁链——

　　雁夜与一般的魔术师不同，是用别的生物当作魔术回路寄生在体内。刺激刻印虫使之活性化对身体的负担就是造成其他魔术师完全比不上的剧痛。咏唱咒文之时，雁夜的四肢痉挛，全身毛细孔破裂，渗出鲜血。

　　从他免于残废的右眼当中也流出红色的血泪，沿着脸颊滑落。

　　可是雁夜的集中力丝毫没有稍减。

　　一想到自己背负的责任，他绝对不能退缩。

——围绕汝三大言灵之七天，自抑止之轮降临吧，天秤的守护者——


念完祝祷词的同时，流进时臣体内的魔力奔流加速到极限。

狂风与闪电大作，就连在一旁观礼的绮礼都被强烈的风压吹得张不开眼睛。在风压当中，召唤的纹样灿然生辉。

魔法阵中的通路终于接上异世……一道金黄色的身影从刺眼的滔滔光海深处浮现。璃正神父为其威容所憾，忘我地喃喃说道："赢啦，绮礼。这场战斗我们绝对会获胜的……"


魔术师的恳求声就这样传达到"他们"的耳中。

由彼方来到此地，带着旋风与闪光而现身的传说中的幻影。

他们虽为人身，却超脱凡人的领域，身怀非凡之力，提升至精灵之境。他们来自于抑制力的神座——一个集合所有超凡人灵的地方。所有人梦想中的英灵就在这一瞬间齐降地球。

然后——

此时凛冽的询问响遍夜晚的森林以及黑暗之中的石板道。


**"回答我，你就是呼唤我的召主吗？"**

# −268：22：30

召唤仪式顺利成功，得意洋洋的韦伯原本期待能够带着愉快的心情结束今天一天的工作。

昨天晚上他整夜都在和那些让人痛恨的公鸡缠斗，今晚本来应该可以带着完成崇高目标后的疲倦感和满足感上床就寝的……

但是实际上……

"……事情怎么会变成这样？"

新都的市民公园朔风强劲，韦伯在寒风中缩着身子独自一个人坐在长椅上。他到现在还无法理解，到底是哪个环节出了问题让整件事情完全与自己的计划背道而驰。

召唤很成功，可以说得心应手。

在完成召唤的同时，召唤来的从灵能力也流进韦伯的意识中。英灵的属性是 Rider，虽然不属于三大骑士之一，但是基础能力都在水平以上，毫无疑问是一名强力的从灵。

当韦伯看见一道昂扬高大的身影从白烟弥漫的召唤阵法中缓缓站起时，他激动得差点尿裤子。

……回想起来，好像从那时候就开始出状况。

韦伯所认知的"使魔"就是召唤者手下的傀儡，仰赖魔术师提供的魔力才能勉强维持在这个世界的形体，只是依照魔术师的意思自由使唤的木头人偶。所谓的使魔本来就是这样的东西，而从灵属于使魔的一种，所以在他的想象中，从灵应该和使魔大同小异吧。

可是，出现在召唤阵里的那个人……

那双灼灼如炬的锐利眼神一开始就让韦伯吓得魂飞魄散。两人目光相接的瞬间，他那类似小动物般的本能察觉到，这个从灵强大无比，自己根本望尘莫及。

耸立在韦伯面前的巨汉具有让人震撼的存在感，他甚至能够嗅到那副筋肉隆起的强壮身躯上散发出来的野性气息。不管那个人是幽灵还是使魔，他都是名副其实的"巨汉"。

韦伯已经知道圣杯召唤来的英灵降临在世上时不光只是灵体，也能得到实质的肉体。可是这样一具肌肉结实的身躯像一堵墙一样挡在他面前时，还是会带给韦伯超乎想象的压迫感。

说个题外话，韦伯不喜欢个子高大的男人。

理由不光是因为韦伯的身高比一般人矮，身体还有一点点弱不禁风，这是因为他从小开始就埋首学习魔术，没有时间锻炼身体造成的，所以他一点都不觉得自卑。舍弃锻炼身体的时间磨练出来的优秀头脑才是他的骄傲。

可是这种天经地义的道理碰到壮汉的肌肉就毫无用武之地了。当这种人握紧他们有如岩石般的拳头，起落之间的时间差短得根本让人来不及反应。任何简短有力的言论都没有机会发表，也没有时间使用魔术。

也就是说面对这些肌肉男，只要让他们靠近到拳头可及的范围就万事休矣。

"……朕在问你，你是朕的召主没错吧？"

"啊？"

这是巨汉第二次发问。沉重的嗓音连大地都为之震动，韦伯不可能没听见，完全是因为他被那人的气势震慑住，所以没注意对方第一次问了什么。

"对……对！我我我就是……不，本人就是您的……不不，是你的召主，韦伯·菲尔维特。你的召主就是我！"

虽然在许多方面都大势已去，但韦伯还是努力地虚张声势……可是不知何时，对方的体格变得比刚才更巨大、更具压迫感。

"嗯，这样契约就算成立了。小子，快点带朕到藏书室吧。"

"啊？"

韦伯愣愣地回问了一次。

"朕是说书、书本啦！"

巨汉从灵不耐烦地重复说道，对韦伯伸出有如松树树根般粗壮的手臂，好像整个人都要压过来了。

正当韦伯以为自己小命不保的时候，他突然感觉身子一轻。巨汉抓住他的衣领，轻轻松松地把他提了起来。这时候韦伯才发现自己已经吓得双脚无力，瘫坐在地。难怪他刚才突然觉得对方好像又变大了一圈。

"如果你也是个魔术师的话，至少有一两间藏书室吧。快点带路，要准备开战了。"

"开……开战？"

在巨汉提起这件事之前，韦伯已经把圣杯战争的事情完全忘得一干二净了。

只是随处找了一户人家寄居的韦伯当然不可能有藏书室，无可奈何之下，他只好带着Rider（骑兵）到图书馆去。

尚在开发中的新都有一座市民公园，冬木市的中央图书馆就位于公园当中。韦伯其实很不愿意大半夜上街，因为最近在冬木市发生好几起异常杀人案件，警方已经发布紧急事件通告。对韦伯来说，被警察盯上盘问事小，眼前这位巨大的肌肉男不晓得会干出什么事才让他担心。

还好一走出树林，巨汉的身影就消失得无影无踪，这就是从灵特有的灵体化能力吧。这个能力对韦伯来说还是有帮助的，毕竟带着一名身穿铠甲的壮汉在路上漫步，可不是被人当作可疑人物就能了事的。只是那股慑人的存在感在韦伯身边挥之不去，让他的背后一直感到阵阵压力。

所幸一路走来都没有遇见其他人，两人就这样走过冬木大桥进入新都区，来到目的地市民公园。韦伯指着公园深处一栋格局精致的近代建筑说："你要找书的话，那里要多少就有多少……应该吧。"说完，一直压迫着韦伯的压力飘然远去。看样子Rider直接以灵体的形态进入建筑物了。

——韦伯就这样一个人被留在外面，独自等了三十多分钟。从莫名威胁之下解脱的他，终于有时间冷静下来好好整理思绪了。

"……事情怎么会变成这样？"

一想起自己刚才的丑态，韦伯就觉得难堪。从灵就算再强大，毕竟只是他的契约对象，身为召主的韦伯才掌有主导权。

韦伯召唤出来的从灵确实很强大，从他自肯尼斯那儿偷来的圣遗物的来历就能充分了解这一点。英灵伊斯坎达尔。其他还有亚历山大大帝、亚历山卓等名号也同样为世人所知。相同的人名在不同的土地上以不同的发音称呼，这中间的发展过程正是这位英雄被称为"征服王"的缘由。这位大英雄二十岁就登上马其顿王位，随即带领古希腊对波斯发动攻势，十年之内席卷埃及，甚至远达西印度，完成"远征东方"的大业，缔造后世称为希腊（Hellenism）文明的大时代，是一位名副其实的"大帝"。

即使像他这种伟人中的伟人，一旦以从灵的身分被召唤出来，就绝对无法违逆召主。第一个原因是从灵必须依附韦伯才能现身在这个世界。那名彪形大汉是依靠韦伯供应的魔力才能与现实世界联系在一起。如果韦伯有个万一，他也只能烟消云散。

所有从灵都是因为某个理由才会回应召主的召唤……一个让他们必须与召主一同参加圣杯战争并且获胜的理由。换句话说，从灵和召主一样有求于圣杯。圣杯只会接受最后获胜召主的愿望，而跟随他的从灵同样也有权利获得圣杯的恩惠。也就是说双方的利害关系一致，从灵才和召主合作。

再加上召主还有一件最终法宝，就是手上的令咒。

三道令咒只要使用一次就会消耗一道，意味着这种绝对命令权只能使用三次。令咒是决定从灵与召主之间主从关系的真正关键。只要是经由令咒下达的命令，即便是自尽这种荒唐无比的指示，从灵也无法反抗。这就是"初始三大家"之一的魔奇里家所制定的，后来成为从灵召唤仪式主干的契约系统。

换个角度来说，召主如果把三道令咒全部用完，就会面临从灵背叛的危机。当然只要召主行事谨慎小心就可以避免这种风险。

没错，只要我的手上还有令咒——韦伯平息心中的焦躁，一边陶醉地看着手上的令咒，一边暗自窃笑——不管那家伙肌肉有多结实，他都不能反抗魔术师韦伯·菲尔维特。

等那个从灵回来，一定要彻彻底底让他了解这些铁则……

就在韦伯心里打着算盘的时候，他身后突然发出一阵巨大的破坏声。

韦伯吓得跳了起来，回头一看。图书馆大门拉下的铁卷门已经被扯得歪七扭八，从图书馆里踏着悠哉步伐出现在月光下的不是别人，正是韦伯的从灵 Rider。

韦伯第一眼看见 Rider 是在昏暗的森林中，所以这还是他第一次在光线充足的地方看清楚 Rider 的模样。

他的身高恐怕超过了两米，从青铜铠甲中伸出的上臂与双腿布满结实紧绷的大块肌肉，强大的力量说不定能够空手掐死一头巨熊。轮廓线条深邃的脸庞配上一对隐隐绽放精光的眼眸，还有如同燃烧般火红的发须。他身上披着一件染成与胡须相同颜色，以豪华绣饰滚边的厚重鲜红色斗篷，让人联想到掩盖剧场舞台的帷幕。

一名穿着打扮如此古典的巨汉昂然挺立在近代建筑设计的图书馆前面，这个画面甚至让人觉得有些滑稽。四周的警报系统铃声大作，吓得韦伯惶惶不安，无暇为此发噱。

"笨蛋！你这个笨蛋！你到底在想什么，竟然踹破铁门出来！为什么不和进去的时候一样变成灵体？"

韦伯大声喝问。Rider 不知为何满脸笑容，只见他举起手里的两本书，说："维持灵体状态的话，这东西就带不出来了。"

那是一本厚重的精装书籍和一本又大又薄的册子，Rider 似乎想要从图书馆带走这两本书。可是为了这点小事竟然扰乱社会治安，做主人的可是难以忍受。

"不要慢吞吞的！快走！我们要快点逃跑！"

"这么慌慌张张的真是难看，又不是干了什么偷鸡摸狗的事。"

"你这不是偷鸡摸狗是什么！"

韦伯大呼小叫地发脾气，让 Rider 略感不悦。

"当然不一样。趁着天色昏暗潜逃是宵小之辈的行径，高唱胜利的凯歌扬长而去才是征服王的掠夺。"

对方完全听不懂自己的意思，韦伯气得满头乱抓。只要手上拿着这两本书，Rider 无论如何都坚持不化为灵体。他似乎打算当个夜半怪人，就这样在路上大摇大摆走回去。

走投无路的韦伯冲到 Rider 身边，从他手中抢下那两本书。

"我帮你拿总可以吧？！快点消失！马上消失！立刻给我消失！"

"喔，那么东西就交给你拿。千万不要弄丢了。"

Rider 满意地点点头，再次消失不见。

可是韦伯没有时间放心，图书馆的警报一定会传到某家保安公司。他还不知道保安人员多久之后会赶到。

"啊啊搞什么……事情怎么会变成这样！"

韦伯发出今天不晓得第几次的牢骚，拔腿就跑。

×          ×

韦伯全力狂奔，一路跑到冬木大桥边的人行步道才觉得安全，松了一口气。

"呼——呼——"

对平时疏于锻炼的韦伯而言，这一段地狱般的长跑简直让心脏几乎炸开。他累得站都站不住，跪在路边，然后把 Rider 从图书馆带走的书拿出来检视。

"……荷马的诗集？还有这本……世界地图？为什么？"

那本装订精致的硬壳书是知名古希腊诗人的作品，另一本薄册子则是学校地理课堂上使用的彩色印刷教材。

一只粗壮的手臂从不知所然的韦伯背后伸过来，用指尖把地图取走。

Rider 不知何时已经化出实体，盘起腿大刺刺地一屁股坐在路面上，一页页翻阅从韦伯手上拿回来的地图。

"喂，Rider。你说准备开战是什么意思……"

"没有地图就不能作战，这种道理还用得着说吗。"

Rider 不知为何心情绝佳，喜孜孜地专心看着册子第一页上由古氏分瓣投影法所绘制的世界地图。

"听说全世界都已经被人类踏遍，而且是在一个封闭的圆球体上……原来如此，把圆形的大地画在纸上就是这个样子……"

就韦伯所知，英灵接受圣杯召唤成为灵的时候，圣杯会将当代的知识传授给他们，以方便他们活动。意思就是说眼前这个古代人也明白一些现代知识，知道地球是圆的。可是韦伯还是不明白为什么 Rider 这么想要看地图，甚至做出像盗贼般强取豪夺的行为。

"嗯……喂，小子。马其顿和波斯在哪里？"

"……"

Rider 还是不改桀傲不逊的态度，对自己的召主不称其名，直呼为小子。韦伯虽然对 Rider 不敬的态度感到不太高兴，但还是手指着地图的某一角。突然——

"哇哈哈哈哈哈哈！"

Rider 爆出一阵豪爽的大笑声，让韦伯吓得缩起身子，心胆俱裂。

"哈哈哈！真是渺小！朕花了一辈子南征北讨的土地竟然就只有这么一丁点儿！嗯，很好！在这个时代已经没有人类未知的土地，朕本来还觉得有些担心……如果世界这么辽阔的话就没有问题了！"

他的笑声和他巨大的身躯一样充满豪气。韦伯愈来愈觉得自己好像不是和人类同样大小的对象交谈，更像是面对一场地震或是龙卷风。

"很好很好！真叫人兴奋！小子，咱们现在在这张地图的什么地方？"

韦伯战战兢兢地指出位于东方一角的日本。Rider 心中颇有所感，沉吟道："喔——是在圆形大地的另一边吗……嗯，这倒也痛快。这样行动方针就定了。"

Rider 摸着线条粗犷的下颚，心满意足地点点头。

"……什么方针？"

"首先绕行地球半圈。我们要往西，一路向西行。将沿路经过的国家一一攻下，就这样一路凯旋回到马其顿，让故乡的百姓庆贺朕的重生。呵呵呵，很让人振奋不是吗？"

韦伯愣了半晌之后，感觉一股怒气直冲脑门，气到头昏眼花。他怒吼道："你到底是来做什么的？我们的目标应该是圣杯战争！要赢得圣杯啊！"

面对韦伯的咆哮，Rider 反而兴致索然地叹了口气。

"那玩意儿只不过是开始的第一步而已，何必为了那种小事特地……”

说到一半，Rider 好像突然想起什么事，拍了一下手。

“对了。说到圣杯，有件事应该要先问你。小子，你打算怎么使用圣杯？”

Rider 的语气突然变得低沉又冷漠，让韦伯感到一阵无以名状的寒意。

“怎……怎么突然这么问？你知道了又怎么样？”

“这种事当然要先问清楚。如果你想要逐鹿天下，那就代表你也是朕的敌人。这世上不需要有两位霸主。”

Rider 这句话说得轻松自在，丝毫不以为忤。但是对持有令咒的召主来说，却是最大胆狂妄的发言。可是 Rider 粗重的嗓音当中只不过流露出一丝冷峻气息，就让韦伯打从心底颤抖起来。这种深刻的恐惧感让他完全忘了自己身为召主所具有的根本优势。

“笨……笨蛋。什么天下不天下……”

韦伯结结巴巴说到这里，忽然他想起自己必须展露威严。

“什……什么征服世界。哼，我对这种低俗的愿望没有兴趣！”

“喔？”

Rider 的表情一变，兴致盎然地看着韦伯。

“你是说身为男子汉大丈夫，还有比掌握天下更伟大的志愿吗？这倒有趣，说来让朕听听吧。”

韦伯轻哼一声，拿出他所有胆量摆出冷笑的表情。

“我……本人只希望获得世人最公正公平的评价，让时钟塔那些从来不认同本人才气的家伙重新改变想……”

话还没说完，韦伯感到一股空前绝后的冲击撞上自己。

几乎同时，他好像听见Rider暴喝一声"太小气啦！"。但是冲击和怒号声的震撼都太强烈，让他分不出两者的差异。

事实上，Rider只不过是像拍蚊子一样甩了韦伯一巴掌，没用多少力气。可是对这个矮小又体弱的魔术师来说，似乎已经过重了。韦伯像颗陀螺般转了好几圈，最后无力地瘫倒在地。

"狭隘！小气！愚蠢！你托付于战场的夙愿只是想展现自身的价值？你这样也算是朕的召主吗？真是可叹！"

Rider似乎无法接受韦伯所说的话，但他没有生气，反而带着有些悲伤的讶异表情痛骂魔术师。

"啊……呜……"

韦伯这辈子第一次被迫屈服于这种直接了当、毫不掩饰的暴力之下。比起脸颊上的疼痛，被人殴打的事实更让韦伯的自尊遭到打击。

韦伯脸色苍白、嘴唇颤抖。可是Rider一点都不在乎他的愤怒。

"如果你这么想让别人崇拜你的话……小子，你就用圣杯的力量让你再长高三十厘米。个头拉这么高的话，大概所有人都得抬头仰望你啦。"

"你……你……"

简直是前所未有的屈辱。韦伯狂怒过度，感觉眼前一阵有如贫血般的晕眩，浑身发抖。

不可原谅，无论如何他都无法忍受这种事。

这个壮汉不过只是从灵，区区的仆役之身，居然彻底否定韦伯的自尊心。赌上韦伯·菲尔维特的威信，就算对方是大罗天仙，他也绝不容许这等奇耻大辱。

韦伯右手紧握，指甲深嵌进手掌中——将力量送进手背上的三道刻印中。

"告予令咒，依循圣杯之规律——让此人，吾之从灵——"

我要让 Rider……怎么样？

韦伯并没有忘记，他是为了什么原因放弃时钟塔，大老远跑到这个遥远东方的乡下地方来。

这一切都是为了赢得圣杯，韦伯就是为了这个目的而召唤从灵的。他和英灵之间的龃龉只能发生两次，第三次之后他就会丧失令咒。对召主来说，这意味着无可挽救的失败。

难道此时此刻他就要第一次面临这等重要关头吗？召唤完成到现在还不到一个小时啊？

韦伯低着头，重复深呼吸几次，以他的理性与深思熟虑勉强压抑住心中那股疯狂的怒气。

不能急躁。Rider 的态度确实让人难以忍受，但是这个从灵并没有对韦伯武力相向，也没有反抗他的命令。

韦伯手中驯服这头猛兽的皮鞭只能挥动三次。只不过被吼了一二声，不能随随便便就使用它。

等到情绪完全平复下来之后，韦伯才终于抬起头。Rider 还是坐在地上，好像已经忘了刚才痛骂召主的事情，甚至连召主的存在都抛到九霄云外去了。他背对着韦伯，正在专心看地图。韦伯沉着嗓子不让感情流露出来，对 Rider 那异常宽阔的背影说道："只要拿到圣杯，本人就没有其他意见，之后你要做什么本人都不管。无论是马其顿还是南极，你想去哪里就去吧。"

Rider 心不在焉地咕哝一声，不知道他是根本没有把韦伯的话听进去，还是虚应了事。

"……总而言之，你应该明白事情的轻重缓急吧？你会认真参与圣杯战争吧？"

"哎呀，你真烦，这种事朕当然知道。"

Rider 把视线从地图上移开，回头瞥了韦伯一眼，不耐烦地抱怨。

"首先第一步要把六个从灵收拾掉对吧？虽然费事，不过没有圣杯的话，确实一切都只是空谈。你放心吧，朕一定会把那件宝物拿到手。"

"……"

Rider 虽然说得信心满满，但是韦伯还是有点不放心。

这个英灵确实不是空口说白话。韦伯成为召主之后具有一种从灵感应力，他能感觉到 Rider 的能力值非常出色。

可是从灵之间的战斗不只是比谁的力气大而已。圣杯战争没有这么单纯，就算具备强韧的肉体也不代表一定能在战场上存活下来。

"看你说得这么有自信，你有什么胜算？"

韦伯故意挑衅，尽力摆出傲态瞪着 Rider。言下之意是自己是召主，当然可以对从灵展现强硬的态度。

"你的意思是想见识朕的能耐？"

在韦伯的注视下，Rider 的口气随之一变，变得既沉稳又冷淡，让韦伯感到有些惴惴不安。

"没错。这很正常吧？你要证明给我看，让我知道能不能相信你的能力啊。"

"哼……"

身材壮硕的从灵发出一声嗤笑，从腰间拔出佩剑。那柄宝剑虽然做工精良，但是从剑上感觉不到什么魔力，应该不是宝具。可 Rider 手中拿着利刃一触即发的气氛却让韦伯蓦地感到一阵不安。该不会因为说话稍微大声一点他就要砍我吧……

Rider 对胆颤心惊的召主看也不看一眼，将出鞘的宝剑高举过头。

"征服王伊斯坎达尔以此剑一斩问鼎天下霸权！"

Rider 昂然朝向虚空大声喊道之后，对着什么都没有的虚空猛然挥了一剑。

突然，有如落雷一般的巨响以及剧烈震动撼动深夜的河岸边。

韦伯吓了一跳，再度腿软滚倒在地上。Rider 的剑应该只是空挥一下，他究竟砍到了什么……

韦伯亲眼目睹虚空被那一剑切开，一道宽大的口子向内翻卷，出现了一样无比强大的事物。

这时候韦伯想起究竟何谓从灵。

一位英雄能够成为不朽传说的原因不光是英雄人物本身，还包括他的故事、他所使用的武器或机械等具有"象征性"的事物。这种"象征性"正是英灵的分身——从灵所隐藏的最后王牌、终极绝招，也就是俗称为"宝具"的必杀武器。

韦伯能够确定，现在 Rider 从虚空中拿出的那项事物一定就是他的宝具。韦伯能够感觉蕴含在那件事物内异常的魔力密度。那股力量已经超越人世常理，甚至更在魔术之理的范畴之上，属于奇迹之理的境界了。

"朕以前就是像这样一剑斩断车辕上的绳索才得到这玩意儿，这本来是戈迪亚斯王献给宙斯的供品……朕被安排在 Rider 之座想必就是因为这玩意儿的传说吧。"Rider 的语气中并没有任何自夸自满之意。但是他看着这项兵器，脸上浮现的骄傲笑容证明他以前就十分钟爱这件武器，对它有绝对的信心。

"这玩意儿只是小意思，朕真正仰赖的宝具另有他物。以后有机会再让你见识见识，不过那还得看是不是真的有强敌值得让朕祭出那件法宝。"

韦伯以敬畏的眼神望着 Rider。因为他是魔术师，能够理解眼前这件宝具的破坏力有多可怕。以近代武器形容的话，大概足以匹敌战略轰炸机吧。如果有一小时的时间让这件宝具任意发威的话，轻易就能将新都一带化为一片焦土。

韦伯能够百分之百确定，再也找不到任何比 Rider 更强的从灵了。他的力量远远超过韦伯的想象。如果有这个男人打不倒的敌人，恐怕只能是天降神威了。

"喂，小子。就算你摆出这样一脸呆相，圣杯也不会自己跑到你手上来啊，"Rider 不怀好意地咧嘴一笑，对着仍然瘫软在地上，站不起来的召主说道，"如果你想早点拿到圣杯的话，就快点找出一二个英灵的藏身处。朕马上去把他们好好踩蹻一番……在你找到之前，朕就看看地图打发时间，相信你不会有任何意见吧？"

韦伯脸上的表情好像尚未回魂似的，慢慢点了点头。

# −221：36：01

艾因兹柏恩城位于天之涯、海之角，长年为冰雪所封闭。远古的魔术师悄悄地延续血脉，居住在这杳无人迹的深山古城中。

这一天古城好不容易有机会摆脱暴风雪，获得解脱。

天气虽然称不上晴空万里，但是乳白色的天空比起下雪的日子已经明亮许多。这片寒冷的大地虽然没有振翅飞翔的鸟儿和苍郁的草木，但至少有充足的阳光。

在这种天气晴朗的日子，不管父亲再忙碌、再疲劳，两人都会相偕到城外的森林散步。这是伊莉雅斯菲尔·冯·艾因兹柏恩与卫宫切嗣之间所立下的不成文规定的第一条。

"好，我今天绝对不会输！"伊莉雅斯菲尔意气风发地说道。她走在父亲前面，一步一步在森林中前进。小小的雪靴辛苦地踏破厚重的白雪的同时，机灵的双眼还忙碌地左右检视周围的林木，丝毫不敢大意，务求不漏掉任何一个目标。少女现在正与父亲进行一项正式比赛。

"哦，我找到了。这是今天第一个。"

听见切嗣在身后得意地说道，伊莉雅斯菲尔又惊又气，眼神一变，转过头来问："你骗人！哪里哪里？我明明看得很仔细。"

切嗣对着胀红了脸，大表不满的爱女投以骄傲的笑容，指着头上的一根小树枝。包裹在白雪中的核桃树枝上露出一株小巧玲珑的核桃冬芽。

"呵呵，我先抢到分数。就这样子一路赢下去吧。"

"我才不会输呢！今天绝对绝对要赢！"

父女俩在冬天的森林中比的是寻找核桃芽的竞赛。伊莉雅斯菲尔今年的战绩是十二胜九败一平手，总计数量四百二十七株，而切嗣则是三百七十四株。虽然目前还是伊莉雅斯菲尔大幅领先，但是切嗣在最近几次竞赛中一口气抢下三连胜，让冠军感受到莫大的压力。

伊莉雅斯菲尔认真起来，急着继续往前走。切嗣看着她的模样，脸上忍不住苦笑。父亲找到的每一株核桃芽她都要一一确认过，看得出来今天女儿也很拼命，自己玩的小把戏这次恐怕要穿帮了。

"啊，有了。伊莉雅也找到一株了。"

伊莉雅斯菲尔兴奋不已，从她背后又传来切嗣坏心眼的低笑声。

"哈哈，爸爸也找到第二株了。"

这次伊莉雅好像一只被水溅到的猫，跳了起来。

"哪个？哪个？"

对少女来说，这次她敢用自己的自尊打包票绝对万无遗漏。实际上她真的没有疏忽，只是和她比赛的对手爱耍些幼稚的小聪明而已。

切嗣想到等一会儿十秒钟后伊莉雅的反应，努力忍着笑意，指一指自己宣称刚找到的"第二株核桃芽"。

"咦？可是这根树枝不是核桃树啊？"

切嗣所指的树枝根本不是伊莉雅要找的目标，所以她之前完全没有理会。

"不对喔,伊莉雅。这颗树叫做水胡桃,它是核桃的好朋友喔,所以也算是核桃芽。"

伊莉雅不明就理,沉默了两三秒后,鼓起红红的脸颊大喊道:"你好奸诈!奸诈奸诈奸诈!原来切嗣一直在作弊骗人!"

切嗣的确是作弊。从上上次的比赛开始,他故意把水胡桃的胡桃芽也一起算进来。这种违规行为已经不只是作弊,根本就是强词夺理。

"可是如果不作弊的话,爸爸根本没有胜算嘛。"

"不可以这样!只有切嗣知道的核桃不算数!"

感到不公平的伊莉雅斯菲尔举起两只小拳头,不断敲打父亲的膝盖。

"哈哈哈,可是伊莉雅,这样你又学到新知识了不是吗?你要记住,水胡桃的果实和核桃不一样,不能吃喔。"

父亲根本没有在反省,伊莉雅呲牙咧嘴地露出威吓表情。

"如果切嗣老是作弊的话,伊莉雅以后不要和你一起玩了。"

"那就糟糕了。对不起,我道歉嘛。"

切嗣收到女儿下的最后通牒,立即让步,老老实实地道歉。伊莉雅见状,终于又重展欢颜。

"答应我不要再作弊了?"

"答应答应,我不会再把水胡桃算进去了。"

切嗣说归说,心中却暗自窃笑。他还有化香树这一手可以用……

伊莉雅斯菲尔还不懂得怀疑他人,浑然不知父亲没有吸取教训,心中又再打歪主意。天真的她满意地点头,挺起胸说:"很好,那伊莉雅就继续陪你比赛，冠军随时随地都愿意接受挑战。"

"是，在下感到很光荣，公主殿下。"

为了证明切嗣的顺从之意，今天的核桃芽探险就决定由切嗣来当马儿了。

"哈哈！好高，好高喔！"

伊莉雅最喜欢坐在父亲的肩头上。即使是她的脚踏不到底的深厚雪堆，切嗣修长的双腿也能轻易走过去。而且视野变高，她找起核桃芽也更方便。

"好，出发！"

"遵命！"

切嗣让女儿跨坐在自己肩上，小跑步在树林中穿梭。惊险的感觉让伊莉雅斯菲尔兴奋地哇哇大叫。

肩头上的重量好轻，让为人父者感到万分不舍。

在伊莉雅斯菲尔出生之前，切嗣并没有育儿经验，也不知道小孩子如何发育才算健康。可是他的女儿今年即将八岁，体重却还不到十五公斤，怎么想都知道不是正常现象。

原因可能是因为她出生的时候曾经接受过度的调整，切嗣与爱莉斯菲尔的掌上明珠成长明显比较迟缓，今后就算她的年龄继续增长，也不知道身体能不能发育到成人的体格。

不，说不定期待也只是枉然。不顾切嗣心中怎么想，他所具备的魔术知识早就已经做出最无情的判断。伊莉雅斯菲尔的发育十之八九在第二性征的前期阶段就会停止。

即使如此，切嗣还是希望伊莉雅斯菲尔过得幸福快乐，不要怨恨自己的身世，虽然这样的愿望只不过是为人父母的自私心态。每当这个愿望刺痛他的心时，似乎同时证明了切嗣心中有爱。

×　　　×

一双如翡翠般碧绿的眼眸正从城堡的窗边望着父女俩在森林入口嬉笑的小小身影。

少女伫立在窗边，身形没有一丝娇弱之态。一头金发即使裹了起来，仍然看得出发丝柔滑细致。她纤细的身上穿着一套古典礼服，如大家闺秀般清丽。但另一种凛然不可侵的英气，又让她即使只在窗边站着，房内的气氛就异常紧绷。她冷淡的神色如同一泓清流般澄澈清朗，但是因为不像冰雪那样冷酷无情，所以与艾因兹柏恩城冬天沉重阴郁的景色有些格格不入。

"你在看什么？ Saber。"

听见背后爱莉斯菲尔的呼唤，站在窗边的少女——Saber 回过头。

"……我看到你的千金和切嗣在外面的森林玩耍。"

少女的眉头轻蹙，严肃的表情好像有些讶异，又有点疑惑，但是完全无损她的美貌。这位美丽少女有一种少见的气质，英气焕发的严肃眼神反而比轻佻的娇笑更适合她。

少女身上年轻又充满生命力的存在感让人难以相信她竟是实体化的英灵。可是她的确就是"Saber"……圣杯召来的七位英灵其中一人，位居最强的剑之座，如假包换的从灵。

爱莉斯菲尔走到她身旁看向窗外，正好看见切嗣肩上扛着伊莉雅斯菲尔，往森林深处奔去。

"切嗣那种不同的一面让你觉得很意外吗？"

爱莉斯菲尔笑着说道，Saber 老实地点头回应。

从她的位置始终看不到小女孩的表情，只能勉强看见小女孩遗传自母亲的银发而已。可是当两人从她的视线中消失时，小女孩的笑声确实充满了欢乐。从她的笑声足以看出正在玩耍的父女俩关系多么和睦。

"容我不客气的说一句话，我以为我的召主是一个更加冷酷的人。"

听到 Saber 这么说，爱莉斯菲尔不知该如何说明，苦笑道："也难怪你会这么想。"

从 Saber 被召唤出来的那一刻开始，身为召主的切嗣从未对她说过一句话。

对魔术师来说，把从灵视为召主的仆人，当做道具般使唤或许才是正常的态度，但切嗣对待 Saber 的表现极度冷漠。他完全不和 Saber 对话，就算 Saber 主动开口询问也不理会，甚至没正眼看过她。切嗣就这样将自己召唤出来的英灵拒于千里之外。

Saber 表面上虽然对切嗣这种目中无人的态度不动声色，然而内心肯定十分不满。此时在城外与爱女嬉戏的男人与她心中既有的人物印象比较之下，简直是天壤之别。

"如果那就是切嗣平常的模样，可见召主真的很不喜欢我……"Saber 不悦地低声说道，表情流露出一丝平时在她严肃的脸庞上无法窥见的真实心情。

爱莉斯菲尔忍俊不住，笑了出来。

Saber 见状更是不满："爱莉斯菲尔，这有什么好笑的吗？"

"……对不起喔。我在想，你是不是还对召唤时的事情耿耿于怀。"

"是有一些。我的形貌与众人的想象不同，这种情况我已经习惯了。可是你们两人又何必那么惊讶。"

虽然 Saber 看起来威风凛凛又充满威严，但实际上她的外表只不过是十五六岁左右的少女。之前当她从发光的召唤阵中现身之时，参与仪式的切嗣和爱莉斯菲尔两人都瞠目结舌。

这也难怪，因为切嗣召唤的英灵在历史上是一名男性伟人。

后世谁也不会想到在康沃尔出土的黄金剑鞘之主——因持有圣剑断钢神剑而扬名世界、独一无二的骑士之王亚瑟·潘德拉贡竟然是一名年纪轻轻的少女。

"……我以前确实表现得像个男人，这个谎言也如同我的希望那样在后世历史中没有被拆穿……但是怀疑我不是剑鞘的主人，老实说让我觉得很不愉快。"

"话虽如此，可是这也是没办法的啊。你的传说太出名，在这一千五百年的时光之间又加油添醋了不少。你和我们熟知的亚瑟王印象实在差太多了。"

看着爱莉斯菲尔苦笑的表情，Saber 不满地叹了一口气。

"你们对我的容貌有意见我也没办法。我从石中拔出契约之剑的时候就被施了不老的法术，外表年龄不再成长。再说当时臣民们对我这个国王的外表根本没有任何疑问，他们只希望我善尽身为一国之主的职责而已。"

这样的青春时光是多么严酷。

那时候不列颠饱受异教徒的侵略，正面临毁灭的危机。这位"龙之化身"的年轻君王依照魔术师的预言肩负起救世主的责任，在十年的岁月中总共打赢十二场大战。可是这位不幸的君王虽然立下无数功勋，最后却因为亲人的背叛而失去王位，悲惨地结束一生。这样一名纤纤少女竟然背负着如此波澜壮阔又令人痛心的命运。残酷的真相让爱莉斯菲尔感到心情沉重。

"切嗣他……因为我的真实性别是女人，所以瞧不起我，认为我没有资格拿剑吗？"Saber 不知道爱莉斯菲尔心中的感慨，远眺切嗣父女俩进入的森林彼端，低声说道。

"不会的，他看得到你的能力。而且他是很细心的人，不可能像你说的那样错估一位得到 Saber 之座的英灵……假使他真的觉得愤怒，也是因为其他原因。"

"觉得愤怒？"Saber 闻言，反驳说道，"你是说我激怒了切嗣吗？这种说法更莫名其妙，我甚至还没有和他说过一句话。"

"我的意思是他的怒气不是针对你，而是我们至今口耳相传的亚瑟王传说。"

如果切嗣召唤出来的亚瑟王英灵和传说中一样，是一名"成年男子"，他应该不会如此排斥从灵。他只会收起任何感情，冷淡地与从灵维持最低限度的往来。可是他没有这么做，反而贯彻"视若无睹"的态度。从另一种角度来看，这是一种极为情绪化的反应。当切嗣得知拔出石中契约之剑的人只是一名年轻少女时，他便对亚瑟王传说的一切怀着难掩的愤怒。

"我想他是在气你那个时代在你身边的那群人吧。那些残酷的人把'国王'的职责推给一位小女孩，还完全不以为意。"

"这件事没有什么是非可言。当我准备从石中拔剑的时候，就已经做好心理准备了。"

这句话当中没有任何自卑之意，Saber 脸上的表情依旧冷澈。爱莉斯菲尔对她无奈地微微摇头。

"……切嗣最气的，就是像你这样接受了命运安排。如果单看这一点，或许他的怒气的确是针对少女阿尔特利亚也说不定。"

"……"

不知是否无言以对，Saber 默默低下头。可是她马上又抬起脸庞，眼神中更加充满不变的坚持。

"这种感伤是多余的。在我的时代，包括我在内所有人一起做了这个决定，不需要旁人说三道四。"

"所以他什么都没对你说啊。"

爱莉斯菲尔一句话轻轻带过，这次反而真的让 Saber 语塞。

"他早就已经放弃了，卫宫切嗣与英雄阿尔特利亚再怎么样都不可能接纳彼此。就算交谈，双方也只会互相否定而已。"

关于这一点，爱莉斯菲尔也抱持同样的意见。她和 Saber 共同生活的时间愈久，愈深刻体会到这位心高气傲的英灵和卫宫切嗣的心性截然不同。

爱莉斯菲尔能够了解两人的主张，也各自有深表同感的部分。正因为如此，最后她才判断这两个人绝对不可能彼此交心。

"……爱莉斯菲尔，我很感谢你。如果没有你在的话，这次的圣杯战争我可能早就已经不战而败了。"

"我一样也很感谢你啊。我也希望丈夫能够成为最后夺得圣杯的召主。"

切嗣很久以前就担心自己与英灵阿尔特利亚的个性不合。为了解决这个问题，他想出了一个任何人都想象不到的妙计。

那就是从灵与召主完全分开，各自行动。

召主与从灵之间的契约本来就没有距离上的限制，不管相距多远，召主的令咒都能约束从灵。只要召主没有陷入不省人事的状态，就可以持续对从灵供给魔力。召主需要陪同从灵一起战斗的原因其实单纯只是为了沟通。因为在战斗中有很多场合需要审慎的判断力，所以不能将一切判断都交给从灵自己。这才是召主需要留在战斗现场，担任司令官指挥从灵的原因。

切嗣决定放任从灵自己单独活动的原因当然不是因为他信任Saber，而是他把监督Saber的职责交给爱莉斯菲尔，让她成为自己的代理人。

这项抉择并非毫无根据。就算切嗣的从灵有背叛之心，只要她还想得到圣杯，就绝对不会杀害爱莉斯菲尔。因为没有爱莉斯菲尔，就算Saber打倒所有从灵也无法得到圣杯。冬木的圣杯降灵，必需爱莉斯菲尔密藏的"圣杯容器"。Saber一定要像保护召主一样，保护爱莉斯菲尔的安全。

这种特殊的编组完全是考量到切嗣与Saber在战术上的契合度。Saber属于骑士型的英灵，不管是从灵能力还是宝具性能，各个方面都适合"正面对决"。最重要的是她的个性，她绝对不会答应采用正面对决以外的任何取巧战术。可是她的召主卫宫切嗣在本质上却是仰赖计策谋略的杀手。这么一来，这两人当然不可能联袂行动。

切嗣认为从契合度的角度上来说，爱莉斯菲尔反而比较适合担任Saber的搭档。他的结发之妻虽然是人工生命体，但毕竟是艾因兹柏恩家的一分子，拥有与生俱来的气质与威严，具备了骑士所效忠服侍的淑女风范。

实际上，Saber与爱莉斯菲尔从召唤之后的一连数天生活在一起，寝食与共。随着两人相识相知，对彼此的敬意也日渐深厚。一方面爱莉斯菲尔出生后因接受环境的潜移默化而具备的高贵素养，和Saber在自己的时代中所熟悉的"公主殿下"相同。另一方面Saber的礼节风度对出身良好的爱莉斯菲尔来说，同样备感亲切。

因此当两人告知Saber不是契约上的召主切嗣担任她的搭档，而是由切嗣的妻子爱莉斯菲尔担任"代理召主"之时，Saber很爽快地答应了。考虑到现实问题，她也对自己与召主切嗣之间的协调性感到不安，也明白爱莉斯菲尔比切嗣更适合做她的主人，让她充分发挥实力。于是两人没有以从灵与召主的身分缔结契约，而是依照骑士的礼仪立下主从之誓，一起为了圣杯战争做准备。

"在爱莉斯菲尔的眼里，切嗣究竟是什么样的人？"

"他是我的丈夫，同时也是领航者，为我的人生带来意义。可是你想问的不是这种事对不对？"

Saber颔首。她想知道的不是爱莉斯菲尔的主观印象，而是她无从得知的卫宫切嗣的另一面。

"他其实是个性格善良的人，就是因为他太善良了，所以无法原谅这个世界的残酷。为了对抗世界，他只好尽量让自己变得比任何人还要冷漠。"

"这种决心我也能感同身受。如果要站在决策者的位置，就必须摒除人性情感来面对一切。"

在这层意义上，切嗣与Saber或许可以说是很相似的两个人。切嗣对亚瑟王的英灵所抱持的感情，也许就是一种同性相斥的感觉。

"爱莉斯菲尔曾经说过希望利用圣杯的力量拯救世界，还说这是你和切嗣的愿望。对吧？"

"是的，虽然我只是听他的愿望现学现卖而已。我认为这个愿望确实有赌上性命的价值。"

听见爱莉斯菲尔说的话，Saber眼神中满怀热情，点头说道："我寄托在圣杯上的愿望也是一样的。无论如何我都想要保护当初无法亲手捍卫到底的不列颠……我认为你和切嗣的目标很正确，是一条值得骄傲的路。"

"是这样吗……"

爱莉斯菲尔微微一笑，含糊其辞。

骄傲——这就是问题所在。

爱莉斯菲尔的脑海中想起丈夫说过的话。那是切嗣向她说明为什么要和Saber分开行动的真正原因。

"你们两个人就尽量在战场上好好表现。不要逃也不要躲，尽量大鸣大放。让每个人的目光都集中在Saber这个从灵身上。因为他们注意Saber，就等于对我露出死角。"

……切嗣完全无意把战局交给爱莉斯菲尔与Saber主导，他打算以自己的手段主动改写战况。为了让暗杀者悄然无声地潜到敌人身后，为了让这个陷阱更加周全，Saber需要扮演诱饵的角色，尽量吸引敌人的注意力。

虽然切嗣叮咛爱莉斯菲尔千万不能漏出口风。但是只要战争开打，切嗣的行动就会让一切不言自明。之后这位清廉高傲的骑士究竟会做何感想……一想到这件事，爱莉斯菲尔就觉得担忧。

"爱莉斯菲尔，你一定相当了解切嗣，而且很信赖他吧。"

Saber不知道爱莉斯菲尔心中的忧愁，望着窗外父女俩亲密玩耍的模样。

"只要这样看着你们，我心中不禁会有一种想法。希望你们夫妇能像平凡的一家人一样，获得平凡的幸福。可是如果切嗣同样也认为我不该当国王，应该去追求凡人幸福的话……恐怕这两种愿望都一样难以实现吧……"

"……你愿意这么想，不去怨恨切嗣吗？"

"当然。"

Saber 带着坦然的表情点头说道。这让爱莉斯菲尔心中对背叛这位从灵的罪恶感愈来愈深重。

"可是爱莉斯菲尔，你有时间陪我在这里闲聊吗？"

"什么意思？"

爱莉斯菲尔回问道。Saber 好像很难以启齿似的撇开视线。

"我的意思是说——你是不是应该像切嗣那样和你的女儿道别比较好？明天我们不是就要出发前往圣杯显现的那个叫做日本的国家吗？"

"啊，你是说这件事吗？不要紧的，我和那孩子之间不需要道别。"

爱莉斯菲尔微微一笑。这是对 Saber 的关心表达感谢之意，但是笑容中却隐藏着一丝让人不安的空虚与寂寥。

"就算身为爱莉斯菲尔的我不在了，也不代表我就此消失。只要她长大成人之后，自然就会了解这一点。因为那孩子和我一样都是艾因兹柏恩家的女性啊。"

"……"

Saber 虽然无法完全理解爱莉斯菲尔这番谜样的话语，可是却感觉到这句话中隐含着不祥的意义，她正色说道："爱莉斯菲尔，你一定会活下来的。我以这把剑的荣耀发誓，一定会护你周全。"

骑士严肃的宣言让爱莉斯菲尔露出愉快的笑容，点点头说："Saber，为你和你的召主取得圣杯吧。到时候艾因兹柏恩家就能达成千年来的夙愿，我和我的女儿也将会从命运中解脱——就靠你了，阿尔特利亚。"

这个时候的 Saber 还无法了解爱莉斯菲尔怜悯的笑容背后有

什么意义。

　　她的银发如白雪般闪耀动人，玲珑精巧的美丽容貌中充满温暖与慈爱。究竟这位女性背负着什么样的宿命而诞生——骑士还需要一段时间才会知道一切真相。


×　　　　×


　　寻找核桃芽的比赛在光明正大竞争之后，由伊莉雅斯菲尔获胜，冠军终于中止了三连败。顺带一提，在艾因兹柏恩的森林中找不到任何一颗化香树。

　　两人结束比赛，肩并肩缓缓踏上归途。因为他们已经走进森林深处，所以艾因兹柏恩城的壮丽外观在暮霭的掩盖下，看起来就和皮影戏中的背景一样模糊不清。

　　"下次比赛就等切嗣从日本回来之后了。"

　　成功报仇雪耻的伊莉雅斯菲尔满脸笑容地仰望父亲。切嗣尽力装出平静的表情看着那张让他难以直视的笑靥。

　　"是啊……下次爸爸绝对不会输的。"

　　"哼哼，切嗣再不加油的话，我们之间的差距很快就会拉大到一百了。"

　　对一名身上背着许多负担的男子来说，爱女得意万分的笑容实在是太过沉重的负担了。

　　到底该如何向她说明？如何告诉她今天或许就是父女之间最后的回忆。

　　切嗣不敢轻视接下来等着他的激烈战斗，无论如何他都要获胜。为了达到目的，就算豁出性命也在所不惜。即使他和女儿约定再来这座冬之森林游玩，这个约定也不会比在圣杯战争中获胜来得更重要。

为了拯救一切而放弃一切。

男子曾经立下这样的誓言。对他来说，情爱只是阻碍他前进的荆棘。

这道诅咒让他每次爱上某人，就要做好可能失去这份爱的心理准备。这就是卫宫切嗣为了理想而背负的宿命。情爱只会伤害他，绝对无法治愈他的心。

可是为什么？

切嗣了望冻结的白色天空与大地，自己对自己说："为什么我会如此深爱着那位女性和继承自己血脉的女儿呢？"

"切嗣和母亲大人的工作要花多久时间？你们什么时候回来？"

伊莉雅斯菲尔完全不知道父亲的痛苦，兴奋地问道。

"爸爸大概只要两个星期就会回来。妈妈她，我想可能要再等一段时间吧……"

"嗯，母亲大人也已经告诉伊莉雅了。她说我们会分开很久很久。"

伊莉雅表情天真地回答道。这句话让切嗣受到难以平复的沉重打击，踏破路上积雪的双腿几乎丧失力气。

妻子已经有所觉悟，也让女儿做好了心理准备。

因为卫宫切嗣将会从这幼小的少女身边夺走她的母亲。

"昨天晚上睡觉前，母亲大人告诉我今后就算无法和伊莉雅再见，也会一直待在伊莉雅身边，不用觉得寂寞。所以伊莉雅从今以后也会一直和母亲大人在一起。"

"……是吗……"

这时候切嗣意识到自己被鲜血染红的双手。

这双手已经不晓得杀死多少人，早就污秽不堪。他一直告诫自己，绝不能像普通的父亲一样用这双手拥抱自己的孩子，他不允许自己这么做。

可是这样的自律本身是否就是一种逃避呢？

这孩子今生已经再也没有机会让母亲抱在怀里了。如果连父亲切嗣都放弃自己的责任……将来又有谁还能给予伊莉雅斯菲尔温暖的拥抱呢？

"……听我说，伊莉雅。"

切嗣叫住走在身边的女儿，弯腰伸手搂住少女的背。

"……切嗣？"

在这八年间，每当他像这样抱住女儿娇小的身躯，就会质疑自己的父性。他厌恶自己摆出一副自以为是的父亲架子欺骗她，也嘲笑自己舍不得放弃父亲的角色。

可是他再也不会这么想了。今后他必须以这孩子父亲的身分，接受怀中这份温暖。他不再逃避，也没有一丝虚情假意。

"伊莉雅，你愿不愿意等一等？在爸爸回来之前，就算觉得孤单寂寞你也能忍耐吗？"

"嗯！伊莉雅会忍耐的，我会和母亲大人一起等切嗣回来。"

伊莉雅斯菲尔一定也希望能带着愉快的心情结束今天这值得回忆的日子，开朗活泼的语气当中完全没有一丝哀愁。

"……那么爸爸和你约好，绝对不让伊莉雅等太久。一定很快就会回来。"

卫宫切嗣的肩上又扛下了一副担子。

一边忍耐着那名为情爱的荆棘束缚全身的痛楚，一边紧紧地抱着自己的孩子良久良久。

# −221：24：48

 

 

 

　　雨生龙之介一向很瞧不起恐怖血腥电影，但是他也知道这种娱乐有其存在的必要性。不光是恐怖片，还有战争片和惊悚片，甚至是普通的冒险片和剧情片。为什么这些虚构的娱乐总是对描写"人类的死亡"如此乐此不疲？

　　或许透过观察由虚构因素的糖衣所包装过的死亡，能让观众降低对死亡的恐惧。人类以自己的"智慧"为傲，害怕"未知"的事物。因此无论是多么畏惧的对象，只要累积"经验"，能够"了解"它的话，就能克服恐惧，以理性征服它。

　　可是唯独"死亡"……人们无法从生活当中体验"死亡"，没有办法真正了解它，所以人类只好观察他人的死亡来想象死亡的本质，试图用模拟的方式去体验死亡。

　　当然，人的生命在文明社会是受到高度保护的，所以模拟体验也只能仰赖虚构。如果生活在一个战乱之地，周围的人常常因为轰炸或地雷丧命的话，大概没有人会想要看什么恐怖电影吧。

　　虚构娱乐同样也可以应用在肉体痛楚、精神压力等人生各式各样的不幸上。如果某一种事件太过危险而不能亲自体验的话，那就观察他人的体验，以此克服和消除不安。于是，在电影银幕与电视银幕上总是充斥着惨叫、哀怨以及苦闷的泪水。

　　这是一件好事，龙之介能够理解。从前他比常人更害怕"死亡"，特效化妆的惨死尸体、红墨水做的血浆以及逼真演技诠释的尖声大叫。如果观看这些因素所重现的"老套死亡秀"就能够在精神上矮化并且征服死亡的话，龙之介一定很愿意当个恐怖电影爱好者吧。

可是雨生龙之介这个人似乎具备比常人更敏锐的感性，更能分辨死亡的真假。对他来说，虚构的死亡实在太过粗浅。不管是图片还是影像，全都是粗制滥造，只能骗骗小孩，当中完全感受不到"死亡的本质"。

常常看到有一种言论认为虚构电影中残酷剧情的描述对青少年有害，但是雨生龙之介认为那种说法只是惹人发噱的笑话而已。如果血腥恐怖片的鲜血与尖叫能再逼真一点的话，或许他就不会成为杀人狂了。

所有的结果只是来自于他难以抑制的好奇心。龙之介真的希望能够了解"死亡"为何物。动脉出血时鲜艳的红色，腹腔内那些东西的触感以及温度，牺牲者的内脏被扯出后到断气之前，他们所感受到的痛苦以及谱出的惨叫乐章。再也没有什么虚构情节比真人上演更加逼真了。

人人都说杀人是一种罪恶。可是仔细想一想，不是有人说地球上挤了超过五十亿的人口吗？龙之介很清楚这个数字多么庞大，因为他小时候曾经数过公园里小石子。大约数了一万粒左右他就放弃了，那时候的无力感想忘也忘不了。人命的数目是一万的五十万倍，而且每一天还有数以万计的生命诞生或死亡。龙之介的杀人行为又有什么重要的？

况且龙之介每杀一个人，都会彻底享受那个人的死亡，有时候还会花上大半天的时间观赏"逐渐死亡的过程"，直到被害者断气。这种刺激与经验、以及一个人到死之前所带来的情报量等等，比一条一无是处的生命继续赖活着更加有益得多。只要想到这一点，雨生龙之介的杀人反而可说是一种具有生产性的行为。

龙之介抱持着这样的理念辗转各地，到处杀人。他不怕法律的制裁，因为他已经用手铐囚禁过好几个人，到最后已经相当"了解"身为阶下囚的感觉，完全不感到害怕。他也已经充分"观察过"绞刑和电椅会造成什么样的死亡。他虽然不怕法律的制裁，但还是继续躲避检察官的追捕，原因只是因为就算他放弃自由与生命进了监牢，对他也没有什么好处，倒不如继续快乐地过日子。他认为以一个正常人来说，这才是积极健康而且正确的生活方式。

他会把杀害对象的生命力、对人生的依恋、愤怒与执着等等感情全部刺激出来，好好享用一番。牺牲者到死之前所表现出的最后模样可以说是他们人生的缩影，精彩而深有寓意。

看起来庸庸碌碌的人在死前可能会做出一些奇特行为。相反的，看起来奇怪的人也有可能死得平凡无奇。长久以来阅人无数的龙之介在研究死亡、精通死亡的同时，对于死亡的另一面——也就是生命同样颇有心得。他杀人愈多，对人生的了解就愈精深。

知识与领悟本身会塑造出一种风格与威严。

龙之介所知道的词汇无法正确解释他所具备的这种人性魅力。如果硬要简短描述的话，"酷"这个字便可以说明一切。

打个比方，就像是去一家时髦的酒吧或是俱乐部。还不习惯这种娱乐场所的时候，会因为不了解那里的环境而格格不入，也不知道要怎么玩才有趣。但是随着几次经验下来，渐渐学会规则，就会成为店家欢迎的常客，熟悉感觉之后甚至可以支配店里的气氛。那就是酷的生活方式。

说起来，龙之介非常习惯"人命"这张凳子坐起来的感觉。他是一名天生的玩家，就这么像品尝新品牌的鸡尾酒一般，一次又一次物色新的牺牲者，尽情享受他们的滋味。

　　事实上在夜晚的享乐世界当中，龙之介就像是一盏招引小虫子的捕虫灯，常常吸引异性的注目。他既潇洒又剽悍，言行举止还让人猜不透、看不穿，散发出一种又悠闲又威风的强烈魅力，蛊惑着女性。龙之介每每将他诱来的成果当下酒菜一般享用，如果遇到真正喜欢的女孩子，也时常和她们进展到把对方变成一团模糊血肉的深厚关系。

　　夜幕下的城市一直都是龙之介的狩猎场，而猎物们直到最后一刻之前都不会发现龙之介这个狩猎者的可怕。

　　有一次龙之介在动物节目当中看到猎豹，便对它优雅的身段深深着迷。他甚至对猎豹那种精练的捕猎方法有一种亲近的感觉。猎豹这种猛兽在各种方面看来都是一种非常酷的动物，足以让他奉为表率。

　　自此，龙之介就把猎豹的形象当成一种自我意识，总是在衣着的某处装饰豹纹。外套或是长裤，鞋子或是帽子，如果看起来太过夸张的话就换成袜子或是内衣裤，有时候也可能是手帕或手套。琥珀色的猫眼石戒指如果没有戴在中指的话，经常会放在外套的口袋里。他还会贴身配戴一条用真正豹牙所制作的坠饰。

　　　　　　　　　　×　　　　　　×


　　说到杀人魔雨生龙之介，最近他正遭逢"缺乏热情"的严重事态，为此备感烦恼。他前前后后已经吞噬了三十多名牺牲者。

可是杀到现在，各种上刑以及拷问手段来来去去都差不多，已经逐渐失去新鲜感。龙之介试过所有他想得到的手法，不管凌虐哪种猎物，他们临死前的样子都已经无法让他尝到以前的感动和兴奋了。

决心回到原点的龙之介回到阔别五年的老家。他等到夜深人静，双亲都熟睡之后，走进后院里的仓库。他把他的第一名牺牲者藏在这个连家人都已经弃置不用的仓库中。

五年不见的姐姐形貌已经完全走了样，但是仍然留在龙之介当初藏匿她的地方等着弟弟回来。和沉默不语的姐姐见面并没有带给龙之介多大的感动。正当他深深失望自己白跑了一趟时，忽然看见堆积在仓库的垃圾山中，有一本几乎腐朽的古书。这本薄薄的线装书到处都是虫蛀出来的洞，似乎不是印刷书而是私人手札。书本最后一页写着庆应九年，也就是说这本书是在一百多年前的幕府末年时期所写下的。

龙之介在学生时代恰巧接触过一些汉文书籍，对他来说，要看懂这本手札不是什么难事，但是书中的内容却让他难以理解。笔迹清晰的细笔文字所写的内容是一些关于妖术之类荒诞无稽的胡言乱语。而且书中随处可见关于伴天连①或撒旦云云的内容，看来是一些关于西洋魔术的描述。内容还写着以活人献祭给异世界的恶魔，召唤出式神之类，完全是传奇小说的世界。

洋学在江户末期的时代属于一种禁忌，关于魔术的书籍更是禁忌中的禁忌。这本书如果只是写来当玩笑的话，龙之介觉得内

---

① 伴天连，源自葡萄牙语padre（父亲），在日语里特指日本战国时期到日本的耶稣会神父。

容实在有些夸张，不过对他来说书中内容有多少可信度根本不重要。光是在老家仓库挖出一本古老的魔法书籍这一点就已经够酷、够带感了。这样的刺激已经足以让杀人魔找到新的灵感。

龙之介马上就把活动据点转移到书中称作"灵脉之地"的场所，再度开始他黑夜的狩猎行动。虽然他不知道这块现在被称为冬木市的土地上究竟有什么特殊的涵义，但是他把新的杀人行动重点放在营造气氛，务求能够忠实重现古书上的记载。

最初龙之介把夜游的离家少女在夜晚的废弃工场中做成活祭品，结果让他感到出乎意料地刺激有趣。这种他从未尝试过的仪式杀人法完全掳获他的心。食髓知味的他很快地接连干下第二起、第三起，将这个和平的都市彻底打入恐惧的深渊。


现在是雨生龙之介第四次犯案——这次在住宅区中央。闯入一家四口民宅的他正沉醉在恶行当中，但是同样的事情重复四次，狂热之意不免有些消退。来自理性的警告声一直在脑海中一角对他叨叨絮絮喃喃不休。

这次说不定真的太放肆了。

以前龙之介的活动范围遍及全国，一边杀人一边在各地移动。同一地点杀人从来不会超过两次，处理遗体的时候也格外小心，他手下的牺牲者现在大多还被当做协助寻找的失踪人口。

可是这次他连续犯案，完全不隐藏遗体或是物证，不断刺激媒体。龙之介愈想愈觉得这种行为愚不可及，过度拘泥于仪式让他完全忘了平时的谨慎小心。特别是这次杀人更是失序，之前三次在他用鲜血画魔法阵的时候，总是因为因为血不够用而失败。他打定主意这次一定要把魔法阵画完，所以决定多杀几人。可是把睡梦中的一家人全部杀光或许真的太过招摇了。警察应该会拼了命追查，住在附近的居民也会更加提高警觉。更重要的是这种杀戮行为根本不符合猎豹神秘优雅的风格。

龙之介下定决心，今晚过后不再在冬木市杀人。他很喜欢黑色弥撒风格的表演，今后还是会持续下去，但是需要自制一些，改为三次犯案中进行一次就好。

龙之介在心中打算好，重新集中精神，将注意力放在仪式上。

"封闭吧（盈满吧）、封闭吧（盈满吧）、封闭吧（盈满吧）、封闭吧（盈满吧）。每回重复四次。咦？是五次？啊——唯破弃——充盈之时——这样没错吧？……嗯。"

龙之介一边哼哼唱唱，一边背诵召唤咒语，同时用毛刷在客厅地板上绘制鲜血图样。本来进行仪式应该要更庄严肃穆一些，可是这种死板的做事方法不是龙之介的风格。说重视气氛不过是自我满足，有感觉才是最重要的。

龙之介依照那本书上的图示，一口气就把魔法阵画完。没想到这么简单就成事了，准备工作反而白搭了。为了画魔法阵，他还杀掉双亲与长女，把他们的血先抽出来预备着呢。

"封闭吧（盈满吧）、封闭吧（盈满吧）、封闭吧（盈满吧）、封闭吧（盈满吧）、封闭吧（盈满吧）。这次是五遍没错啦。"

他把剩下的血液随意涂抹在墙上，过过当画家的干瘾。然后回头看着倒在房间角落的生还者——那是一个被绳索捆绑，口部被勒住的小学男生。龙之介注视他的脸想看看他的反应，可小男生只是用哭肿的双眼目不转睛地看着姐姐与父母被解剖的残骸。

"喂，小鬼头。你认为这世上真正有恶魔存在吗？"

龙之介演戏般刻意歪着头向颤抖不已的孩子问道。嘴巴被封住的小孩子当然没办法回答，只是更加恐惧地缩起身子。

"那些报纸或是杂志常常叫我什么恶魔恶魔的。可是你不觉得很奇怪吗？我一个人杀的人全部加起来，只要用一颗地雷就超过了。"

小孩子很好，龙之介最喜欢小孩子。大人害怕得又哭又叫的模样有时候看起来相当丑陋不堪，但是小孩子的哭喊就让人觉得怜爱了，就算怕到失禁他也能一笑置之。

"其实要我当恶魔也行，我是无所谓啦。不过这样一来，如果另外真的有恶魔存在的话，对人家就有点失礼了？就是这一点让我觉得怪怪的。'哈啰，我是雨生龙之介，是恶魔是哦！'，我可以这样自我介绍吗？只要想到这件事，我就觉得非得查个明白。到底真正的恶魔存不存在。"

龙之介的情绪愈来愈兴奋，在害怕的孩子面前表现得越来越亲切和善。他有一个怪癖，平时要他开口说句话都觉得懒，但是一见血或是站在濒死之人的面前，他就会像变了个人似的滔滔不绝。

龙之介留下幺子不杀单纯是因为三个人的血量已经够用，没有什么特别的意思。他想等仪式结束后再试试有没有其他比较有趣的杀人方法。

"可是呢……你想想，如果真的有恶魔出来，我又没有一点准备的话，不就只能喝茶聊天了？你不觉得这样很好笑吗？所以说，小鬼头……如果恶魔先生登场的话，你就让他杀，好不好？"

"！"

就算是年幼的孩子也知道龙之介所说的话有多么不正常。龙之介见那孩子叫都叫不出声，只能睁大眼睛不断扭曲身体挣扎的模样，忍不住捧腹大笑。

"被恶魔杀死是什么感觉呢？是痛痛快快地死掉，还是尸骨不全地咽气？不管怎么样我都觉得这是一次很宝贵的经验喔，这种事可是难能——好痛！"

一阵突如其来的尖锐刺痛，打扰了龙之介的亢奋心情。

这阵刺痛感来自右手的手背……事先毫无预兆，感觉就像是被烈性药水泼到一样。虽然刺痛只是一瞬间的事，但是随之而来的麻痛感却残留在皮肤表面久久不退。

"……这是……什么？"

不晓得什么原因，他还有些疼痛的右手背上不知不觉被画上了如刺青一般的纹路。

"……哦。"

在龙之介还没来得及感到诡异以及不安之前，他身为时髦男性的品味最先做出反应。虽然还不知道是怎么一回事，不过这图纹就像是三条蛇彼此交缠，看起来有点像杂志上的刺青图案，帅劲十足。

龙之介的孤芳自赏很快就被打断。他感觉到背后有空气流动，不由得一惊，回过头去。

起风了。在完全封闭的室内根本不可能会有这么强的气流。最初只是轻柔微风，逐渐变成一阵旋风，在客厅内肆虐。

龙之介难以置信地看着地上用鲜血画成的魔法阵不知何时竟然开始泛出磷光。

他本来就很期待会发生什么稀奇的事情，可是完全没料到会发生这么光怪陆离的现象。这种夸张的表演就像龙之介最瞧不起的低级恐怖电影。不同的是眼前发生的事情不是骗小孩的特效，而是如假包换的事实，让他想笑也笑不出来。

如同龙卷风般的狂风蹂躏了整个客厅，让人连站都站不住。电视机或花瓶等生活用品都被吹起砸个粉碎。发光的魔法阵中央飘起一阵雾状物，开始有小型的闪电在雾中闪过。龙之介对眼前如异界般的光景一无所惧，他就像是个沉醉于魔术表演的小孩子一样，满怀期待地看着。

来自未知的诱惑。

从前龙之介在名为"死亡"的未知领域中发现这种动人的诱惑。在他不断杀人之后，他已经感受不到那股吸引力。但是当初那道光辉此时又重新出现在他的眼前——

闪光以及如同落雷一般的巨响。

一阵冲击流过龙之介全身，就像是被高压电流击中的感觉。

雨生家一脉曾经拥有一股代代相传的异形之力。这股现在连后世子孙都已经遗忘却仍绵延继承下来的血统，使得龙之介体内沉睡的神秘遗产"魔术回路"此时就像海啸般释放出来。流入龙之介体内的"外界之力"正在他体内刚刚疏通的回路中循环，然后再流出外界，由来自异界之物所吸收。

说起来，这真是例外中的例外。

本来根据冬木圣杯自身的要求，必须要具备七位从灵。并不是说有资质的人召唤到从灵，就会获得相应召主的资格。而是由圣杯来选择七位具有资质的人来做为召主的。

而能够召唤出哪位英灵，说到底也是由圣杯来决定的。魔术师们辛辛苦苦的举行仪式只不过是希望能够更加准确的召唤到自己希望的从灵而已。所以不管你使用多么拙劣的召唤阵，念出多么含混不清的咒语，只要你本人具有被圣杯所认可的资质，就可以实现奇迹……

"——回答我。"

朦胧雾气当中传来一阵语气轻柔，却出奇清晰的声音。

狂风不知何时已经止歇，魔法阵的光辉也黯淡下来，描绘在地板上的鲜血仿佛烧焦了似的变得焦黑干枯。逐渐散去的薄雾当中，刚才问话的人忽然出现在龙之介的眼前。

那人的年纪似乎不太老，脸上没有一丝皱纹。泛着油光的脸颊配上一对圆睁的双眼，再加上焦黄的脸色，让龙之介联想到蒙克的绘画。

那人的服装也同样奇异怪诞。高大的细瘦身躯裹着好几层宽大长袍，还有华美的贵金属夹扣装饰。衣着打扮活脱脱是从漫画中蹦出来的"邪恶魔法师"。

"呼唤我、请求我，让我借Caster（魔术师）之座降临于现世的召唤者……在此询问你的名号。你，是何人？"

"……"

龙之介有些词穷。这个人从鲜血的召唤阵中出现时又是打雷又是冒烟——但实际一看却平凡无奇。虽然龙之介没有特别期待对方一定要长得奇形怪状，但是就算不是三头六臂的怪物，和一般人没啥两样这事倒让龙之介觉得不知所措。这个人的衣服虽然怪里怪气的，但是没办法判断他是不是真正的恶魔。

龙之介挠挠头，打定了主意。

"我叫做雨生龙之介，职业是自由业。兴趣是各种杀人手法，喜欢小孩子与年轻女性。最近回归原点，热衷于剃刀之类的利器。"

长袍男子颔首。看起来除了姓名之外他什么也没听进去。

"很好，契约成立。你追求的圣杯也是我渴望得到之物。我们一定能够得到那万能之釜。"

"圣杯？"

龙之介歪着脑袋，一时之间还听不懂这怪人在说什么。听他这样一说，那本在仓库找到的古书上好像确实有这段记录。只是由于看起来莫名其妙，因此龙之介当时只是并没有特别留意。

"……算啦，难懂的事情摆到一边去，来吧。"

龙之介轻佻地摆摆手，下巴朝着躺在房间角落的小孩子努一努。

"为了庆祝我们认识，先来一点下酒菜吧。你要不要尝一尝那个？"

长相奇特的男子顶着一张面无表情的脸，来回看着被五花大绑的小孩以及龙之介，沉默不语。龙之介甚至不知道他明不明白自己说的话和意图。他突然觉得一阵不安，自己的邀约说不定非常冒失。仔细一想，有谁规定恶魔一定喜欢吃小孩子？

男子默默地从长袍中取出一本书。那本书的装订很厚重，属于书还是贵重品时代的古董书，仿佛是恶魔随身携带的小道具一样。

龙之介一眼就看出封面装订的皮革是什么材质。

"啊，好厉害！那是人皮对不对？"

龙之介看过人皮是因为他曾经想活生生地剥下被害者的皮肤来做灯罩。但最终因为不擅长手工而半途放弃。现在知道有一位前辈曾完成一件类似的作品时，还是不禁崇拜不已。

男子只瞥了龙之介一眼，无视龙之介的赞美。他慢慢打开书本，迅速翻动书页，口中喃喃说了一二句不知何意的话语之后，就把书收回怀中，没有其他动作。

"？"

男子不顾龙之介在旁边看得莫名其妙，走向倒在地上的小男生。刚才发生的一连串怪事让小男生更加畏惧，在地上拼死命挣扎蠕动，想要从男子身边爬离。

龙之介发觉男子注视着小男生的眼神中充满着温柔慈爱，他愈来愈狐疑这究竟是怎么一回事？

"——不用害怕，孩子。"

长相怪异的男子对小男生说道，柔和平静的语气与他的外貌极不搭配。被囚禁的少年此时才发现对方的表情充满温情，他不再挣扎，露出求救的眼神看着男子。

男子笑着点点头，仿佛在回应男童的哀求。他弯下腰，对男童伸出手，动作轻柔地帮男童解开绳索。

"你站得起来吗？"

男子扶着双脚几乎无力的少年站起来，轻抚少年的背鼓励他。

龙之介当然深信这名男子绝对是恶魔，可是男子对待小孩子的态度却让他百思不解，难道这个人真的打算救这个小孩？

而且龙之介愈看愈觉得这个男子的长相奇特。沉默不语时看起来就像死人一样吓人，但是一笑起来，脸上的表情又变得没有一丝邪气，如同圣人一般祥和。

"来吧，孩子。走那扇门可以到房间外面去。看着前方，不要四处张望。你要靠你自己的力量走出去——自己一个人会走吗？"

"……嗯……"

男童坚强地点点头。男子笑容可掬地颔首，在男童小小的背上轻轻一推。

男童依照男子的吩咐迈开脚步，不再对双亲和姐姐的尸首看上一眼，直接穿过鲜血淋漓的客厅。门外的走廊通往二楼的楼梯以及玄关，只要走到那里，他就可以从杀人魔的手中逃出生天。

"喂，站住……"

龙之介再也看不下去，开口叫喊，却被男子迅速伸手制止。龙之介被那名男子的气势震慑，虽然心中七上八下，也只能束手无策地看着男童的背影走远。

男童打开门，走到走廊上，玄关的大门口就在眼前，刚才还充满着恐惧的眼神此时终于重新露出安心与希望的光辉。

就在下一瞬间，等待着男童的是最高潮戏码。

走向玄关的男童正好背对着楼梯。从客厅看不到的楼梯转角处忽然有什么物体翻拥而下，扑向站在走廊的男童。那是一团极粗的绳索……不，是无数的蛇群……那些让人难以形容的怪异生物……看起来像是生物器官的东西从男童背后将他从头到脚紧紧卷起，强劲的力道一瞬间将矮小的身躯往楼梯拖去，带往二楼。

接下来就是一阵凄厉无比的惨叫声，无数生物一起舔舌的湿润水声以及细瘦骨骼断折的轻脆声响。虽然无法直接亲眼目睹楼上发生了什么事，但是这样反而刺激想象力，更添恐怖气氛。

长相奇特的男子闭目翘首，聆听那有如噩梦般的音色，仿佛深深陶醉在其中。他放在胸口的手轻轻颤抖，看来似乎非常感动。

可是深受感动的人不只那名怪人，还有龙之介……他完全没有料想到会发生什么事，所以感受到的满足感更加强烈。

"恐惧是有新鲜度的。"

这名恶魔——龙之介现在已经毫不怀疑了——似乎还没有从

自己策划的惨剧余韵中回过神来。他好像还在做梦一样，陶陶然说道："一个人愈是害怕，他的感情就会渐渐死去。真正的恐惧不是静态的，而是一种动态的变化，指的是当希望转变成绝望的那一瞬间。这种活生生又新鲜的恐惧与死亡滋味……你觉得满意吗？"

"——呜——"

龙之介一下子还说不出话来。

楼梯上那个现在还在贪噬着孩童遗体的"东西"应该就是这个男子事先准备的吧。就像他本人从鲜血魔法阵中现身一样，当他翻开那本用人皮装订的书本时，就已经发生了变化。

虽然他的手法让龙之介吓了一跳，可是更了不起的是他那套恐怖哲学。龙之介根本望尘莫及。这种邪恶经由各种创意功夫千锤百炼，几乎达到唯美的境界。这个人拥有如此强烈又感人的"死亡美学"，唯有最高等级的溢美之词才足以称赞他。

"酷！简直爽透了！你真是超酷的！"

心中的喜悦让龙之介几乎昏了过去，他握着男子的手摇了又摇。不管是得到什么挚友或恋人、还是结交了什么有名人士，都不会让他这么感动吧。在这个无趣的世界当中，杀人魔雨生龙之介初次邂逅了一位让他由衷崇拜敬爱的人物。

"我虽然不知道什么圣杯不圣杯，但我跟定你了！你要做什么我都愿意帮忙。快，再多杀几个人！活祭品要多少就有多少，让我欣赏更酷的杀人方法吧！"

"你这个人真是有趣呢。"

看到龙之介感动万分的样子，男子似乎觉得很愉快。他用那张柔和的笑容回应龙之介激烈的握手。

"你叫龙之介是吗？我有一位像你这样明理的召主真是万幸。这样我终于有机会可以实现我的夙愿了。"

——如果在没有圣遗物的情况下完成召唤，回应召唤的英灵就会是与召主人格特质相似的人。恶质的杀人魔无意之间召唤来的这个人之所以留名后世，是因为他的行径之残忍远甚于龙之介，是一位真正的残虐英灵。不对，如果依照他的性格形容，称为"怨灵"更为恰当。

"啊……对了。我还不晓得你叫什么名字。"

龙之介终于想到一件重要大事，语气亲昵地问道。

"名字啊。这个嘛……说到在这个时代比较出名的称呼……"

男子把手指放在嘴边，想了一会儿。

"……我就用'蓝胡子'这个名称吧，以后请多指教。"

男子的语气和善，露出天使般的微笑。

第四次圣杯战争当中的最后一组人马——第七组的召主与从灵"Caster"就这样完成了契约。一位偶然来到冬木的享乐杀人魔没有身为魔术师的自觉，也不知道圣杯战争的意义，只因为一个单纯的偶然得到了令咒与从灵。

如果世上真有所谓命运的捉弄，那他们可以说是上天最糟糕的玩笑了。

所谓夜深人静时，万籁俱静……不过这种表现方式并不适用于魔术师和从灵。

暗影的英灵 Assassin 比任何人都更能巨细靡遗地看见在夜晚的黑暗中究竟有多少让人屏息的进退攻防。

特别是对于集结在冬木市的魔术师来说，有两个地方是他们注意的焦点，分别是间桐家和远坂家那两栋耸立在深山町山丘上不分轩轾的豪宅。

想要得到圣杯的召主就居住在这两栋洋房中，这是众所皆知的事情。所以最近常常有低级使魔以监视为目的，不分昼夜在这里出没。洋房的主人当然早已预料到这种状况，都已经在宅邸的庭院内设下十几二十层用来探测和防卫的结界。以魔术的观点来看，他们等于将洋房改造成了一座军事要塞。

身怀魔力的人如果没有经过洋房主人的同意任意踏进结界的话，绝对不可能全身而退。像从灵这种庞大魔力的聚合体就更不用说了。不管是实体还是灵体，就算用尽任何手段也不可能在神不知鬼不觉的情况下穿越结界。

可是还是有些例外能够将这种不可能化为可能，那就是 Assassin 属性所拥有的隐蔽气息的技能。Assassin 虽然没有出色的战斗能力，但是却能够在魔力释放降低到几乎为零的状态下活动，如同鬼影般潜伏到目标身边。

而且对言峰绮礼的从灵，也就是这次的 Assassin 来说，今天晚上的潜入任务更是轻而易举。此刻他所潜入的庭园并不是他们长久以来视为敌方阵营的间桐家，而是直到昨天还与绮礼保持同盟关系的远坂时臣的宅邸。

Assassin 当然知道绮礼与时臣瞒着其他召主私下结盟。为了保护这个秘密约定，Assassin 曾经数次担任远坂家的警备任务。他早已经确认过远坂家的结界配置以及密度，对于结界的盲点当然也了然于心。

Assassin 在灵体状态下轻松穿过好几层警报结界。他一边前进，一边在内心嘲笑远坂时臣的讽刺命运。那位傲慢的魔术师似乎非常信任属下绮礼，他做梦也想不到有一天竟然会被自己养的狗反咬一口吧。

绮礼向 Assassin 下令杀掉时臣，是不到一小时之前的事情。虽然还不能确定是什么事情使得绮礼有了杀意，但恐怕是因为前几天时臣召唤从灵而引起的吧。听说和时臣订立契约的从灵好像是 Archer（弓兵），但是通过观察，这个英灵好像比绮礼想象中的还要脆弱。这么看来，再继续和时臣合作下去没有任何的好处了，也许是因为这个，今天晚上他才会下达这样的命令吧。

"不用过度谨慎，就算和 Archer 对上也没什么好怕的。速速杀掉远坂时臣。"

这就是召主绮礼所下达的指示。Assassin 的战斗力可以说是所有从灵当中最弱，和他相比，Archer 竟然还被绮礼戏称"没什么好怕"……看来时臣召唤的 Archer 英灵果真远不如众人的期待。

Assassin 来到庭院的半路上，结界中已经没有什么破绽可以让他直接穿过，接下来就必须用物理方法一边拆除结界，一边前进。在无形的灵体状态下无法进行这项工作。

Assassin蹲踞在灌木丛的阴影中，由灵体转变成实体，现出头戴骷髅面具的瘦长身形。他察觉从远方有几道"视线"落在自己身上，感觉不是远坂家的结界。应该是其他召主的使魔从宅邸的结界之外监视远坂家吧。只要没有被时臣本人察觉，Assassin完全不担心这些偷窥者。时臣是抢夺圣杯的竞争者之一，他们不可能把Assassin入侵的事情告知时臣。众人只会坐壁上观，看着其中一名对手一开始就被淘汰。

Assassin发出无声的窃笑，伸出手要去移动连接第一道结界的基石。

下一秒钟，一柄晶亮的长枪从正上方如闪电般飞来，刺穿了他的手背。

"？"

Assassin感到剧痛、恐怖，但是更多的是惊愕。他完全没有料到这柄闪耀长枪的攻击，不可置信地抬起头，寻找掷枪者的身影。

不，他根本连找都不用找。

一道雄丽的金色身影挺立在远坂家的三角形山墙屋顶上。那个人外表神威赫赫，全身闪闪发光，就连满天星斗与皎洁白月的光芒都为之暗淡。

慑人的压迫感让Assassin心中满是恐惧，甚至忘了受伤的愤怒与痛楚。

"你这只在地上爬的蝼蚁之辈，谁准许你抬头？"

金色人影冷冷地质问道。那双如同烈火般鲜红的双眸睥睨趴伏在地面上的 Assassin，语气之中没有鄙夷之意，只有无比的冷漠。

"你这只蝼蚁岂能直视本王。蝼蚁之辈就要和蝼蚁一样，看着地面去死。"

金色的人影周围出现无数道光辉。那些从空中凭空出现的光辉是一柄柄长剑与长矛，虽然全部都是不一样的武器，但每一件都是装饰绚丽的宝物，而且锋尖全部指向 Assassin。

Assassin 深知自己根本赢不了。这不是经由大脑思考的结果，而是来自本能的直觉。不可能打得赢那个人，就连想和他一决胜负都是痴心妄想。

Assassin 虽然弱，但好歹是一名从灵。那个金色身形的人物既然能让自己受伤，表示他肯定也是从灵。而且他阻止自己入侵远坂家，说明了他就是奉远坂时臣为主的英灵 Archer。

是谁说"他"不足以畏惧！

Assassin 心中对自己主人的保证感到狂怒，但他赫然发觉绮礼说的话其实没有任何矛盾。

面对实力如此惊人的对手，确实没什么好怕……没错，因为他根本连害怕的余力都没有——

他只剩下绝望与无助而已。

无数的闪耀兵刃发出破风声，朝 Assassin 落下。

Assassin 感觉到一阵视线，是那些在远坂家外面观看的使魔。其他的召主正在看着第四次圣杯战争中第一位落败者，一位从灵连还手的机会都没有，就这样凄惨败亡。

在最后一刻，Assassin 才终于发觉主人言峰绮礼……还有盟主远坂时臣真正的意图。

×　　　×

　　远坂时臣舒服地倚在自己房内的摇椅上，听着无数宝具断肉切骨，甚至深深击穿地面所发出的巨响。

　　"很好……事情进展得很顺利。"

　　魔术师在台灯旁喃喃自语道。此时有一道不同于台灯灯光的金色光芒照亮他的侧脸。

　　金色身影一出现，立刻将身旁的黑暗驱散。他就是刚才在屋顶上处决入侵者的那个人。从灵 Archer 化为灵体回到屋内，再度在时臣的房内现身，昂然站在面带满足神情的召主身边。

　　近看那个人的形貌，修长挺拔的身躯穿着磨亮的金色铠甲，有着一头如同熊熊火势般耸立的金发以及端正俊俏的美丽容貌。他血红色的眼眸明显不同于一般人，散发着某种神秘的光辉，让所有被他凝视的人都不由自主感到畏惧。

　　"你竟然为了此等琐碎小事劳烦本王，时臣。"

　　时臣从椅子上站起，恭敬又优雅地执了一礼。

　　"岂敢，众王之王。"

　　以召主对待从灵的态度来说，时臣的表现算得上是极为谦卑。可是远坂时臣是真心愿意竭尽礼仪对待他召来的这位英灵，并无丝毫犹豫。身为贵族血统的继承者，他自诩比任何人都更了解何谓"人上人"。为了在本次圣杯战争中获胜，时臣召来一名极其伟大的英灵。这名英灵不能当作使仆看待，应该以上宾之礼待之。

　　以 Archer 的身分降临的这位男子正是"英雄王"吉尔伽美什，曾经君临古代美索不达米亚，半神半人的魔人。他可能是史上起源最早的英雄，人类历史上最古老的帝王。

对高贵的事物表达敬意是时臣的理念。不管他是否拥有令咒的支配权或是双方缔结何种契约关系，这些因素都不足以颠覆贵贱的上下关系。就算这位身穿黄金甲胄的青年是从灵，也应当要用最严谨的礼节对待他。

"今晚之事乃是为了杀鸡儆猴，避免今后诸事繁杂。展现'英雄王'的如斯天威之后，想必再也没有任何野狗胆敢来犯吧。"

"嗯。"

Archer 颔首认同时臣的解释。时臣虽然竭尽礼节，却不会显得过度卑屈。英雄王也了解时臣这种不卑不亢的态度在这个时代是难能可贵的。

"暂且先让外面那群野兽自相残杀，再来选定谁才是真正值得您下手猎杀的雄狮。在那之前还请您耐心等候。"

"好吧。看来目前还有时间四处闲游以稍慰无聊之情。这个时代还颇有趣。"

听见 Archer 这么说，时臣忙用脸上的严肃表情遮掩心中些许的焦躁。

和时臣缔结契约的从灵确实是最强的英灵，唯独他喜欢随着自己的好奇心四处游荡的任性习惯却让时臣头痛不已。这位贵人自从现世之后从来不曾有一晚乖乖留在远坂家。今晚也是一样，为了配合 Assassin 袭击的时间，时臣费了好大的功夫才说服 Archer 留在宅内。

"……您中意现在的世界吗？"

"难以言喻的丑恶，但也有其可爱之处。不过最重要的是这个世界是否有值得本王收藏的奇珍异宝。"Archer 带着讽刺之意笑道，凝视着时臣的红色双眸中隐含凛凛神威，颇有威吓之意。"如果这个世界没有一件值得本王喜爱的宝物……因为无用的召唤让本王白跑一趟的罪可是很重的，时臣。"

"请放心，圣杯必定合英雄王的意。"

"这要待本王看过之后再决定。也罢，姑且听信你的说辞吧。这个世界所有宝物都属于本王。不论那个圣杯是何等异宝，本王绝不可能坐视那些杂种未经本王的准许任意争夺。"英雄王不可一世地说完，旋即转身，解除实体化，宛如一道云霞般隐去身形。

"期待你所看上的什么雄狮能够陪本王玩两招。时臣，琐事细节就交给你了。"

时臣对着无影之影的语声垂首行礼，一直低着头到英灵的气息自房内消失。

"……唉。"

黄金的压迫感消失后，魔术师深深叹口气。

从灵除了本体英灵所保有的技能之外，在降世属性确定后还会根据不同的属性追加新的技能。Assassin 的"隐蔽气息"、Caster 的"阵地制作"以及 Saber、Rider 的"骑乘"都属于这类技能。同样的，获得 Archer 属性降临的从灵则会被赋予"单独行动"的特殊技能。

这种技能可以让从灵在没有召主供应魔力的状态下，进行某种程度的自主行动。比如在召主想要发动自身所有魔力施行大魔术的时候；或是召主负伤无法供给充足魔力的时候，这种能力就非常重要。可是反过来说，召主想要完全支配从灵就显得困难许多。

成为 Archer 的吉尔伽美什拥有相当于 A 级的单独行动能力。如此高等的技能让他不只能够维持现世的形体，从战斗以至于使用宝具……一切行动都能在没有召主支援的情况下顺利行使……但是吉尔伽美什自恃拥有这项能力，对时臣的意见完全不屑一听，平时常常在冬木市四处闲逛。时臣与他的联系线路始终被隔断，完全无法掌握自己的从灵在哪里做什么事。

时臣除了自己的世界之外，对其他事物几乎没有任何兴趣。对他而言，他一点都不了解像英雄王这样伟大的人物漫步人间、涉猎凡人的生活，有什么乐趣可言？

"算了，事情暂时先交给绮礼就可以了。目前一切都还依照我的计划进行。"

时臣低笑，从窗户望着庭院。潜伏进来的 Assassin 消灭的地方因为过度的破坏，土石都被翻搅开来，整个庭院唯独那一块呈现出有如遭受轰炸般的惨状。

×　　　×

"Assassin——被杀了？"

Assassin 就这样简简单单退场，大出韦伯的意料之外，让他吃了一惊。

他的视觉原本在观看远坂家的庭院，周遭风景一变之后，视线又回到熟悉的自己房间……也就是目前他寄居的老夫妇家的二楼房间。他刚才闭着眼睛看到的影像是借由干涉他派出的老鼠使魔的视觉所捕捉到的。这种程度的魔术以韦伯的才能来说一点都不算什么。

在圣杯战争的初期，韦伯采用的策略当然是从监视间桐家和远坂家开始。虽然郊外的森林里还有艾因兹柏恩的别墅，但是北地的魔术师似乎还没到达日本，现在还用不着花精力监视一栋空屋。

间桐与远坂两家目前表面上还没有任何动静。韦伯原本是抱着一丝期待，希望哪个召主耐不住性子杀进远坂家或是间桐家，才会继续监视的，没想到居然正中下怀。

"喂，Rider。有进展啦，立刻就有一个人出局了。"韦伯大声叫唤，但是躺在地板上的巨汉连头都没有回，只是有气无力地嗯了一声。

"……"

韦伯觉得很不高兴。

这间房间好歹算是他的房间——严格说起来应该是别人家，这时候就暂且不论了——这样一个粗里粗气的肌肉男日复一日，一天到晚赖在床上的样子实在让韦伯浑身不自在。就算韦伯命令他没事的时候化为灵体，Rider也只回了他一句"有身体比较舒服"，就这样老是现出巨大的身形。从灵实体化的时间愈长，召主对从灵提供的魔力消耗也愈多，对韦伯来说一点好处也没有，但是Rider完全不理会这件事。

Rider不惜消耗韦伯宝贵的魔力，究竟在做些什么？说到这一点就让人难以忍受了……事实上他什么也没做。就像现在，当韦伯正在努力进行侦查行动的时候，他只是怡然自得地躺着，悠悠哉哉地啃煎饼，专心观赏租来的录像带。用膝盖想都知道，世上哪有这种从灵。

"喂，你到底听见了没有？Assassin被干掉了，圣杯战争已经开始啦！"

"嗯。"

"喂！"

几乎恼羞成怒的韦伯嗓音一变，Rider才终于懒洋洋地回头转过上半身。

"你啊……一个小小的暗杀者算得了什么？只不过是个除了藏头藏尾之外一无是处的鼠辈，根本不可能是朕的对手。"

"……"

"别管了。小子，你看看这个，这个才精彩啊。"Ride的语气一变，指着屏幕兴奋地说道。

现在录像机正在播放的片子是《世界航空战力实录·part4》。只要是这类军事迷喜好的资料，不管是文献还是影像，Rider都照单全收。当然实际出门搜集采买是韦伯的任务。因为如果韦伯不去，巨汉从灵就要自己跑去书店或是录像带出租店，做召主的哪儿放得下心。

"你看，这个又黑又大，叫做B2的玩意儿真是太了不起了。朕想买个十架，你觉得怎么样？"

"……拿这笔钱直接去买个国家还比较快……"

韦伯随便丢下一句话。Rider一听，神情认真地沉吟道。

"资金的筹措果然是个问题阿……不晓得这个世界有没有像波斯波利斯（波斯阿黑门尼德王朝的第二个都城）那样富庶的都市，如果有的话就能马上动手掠夺了。"

看来这位大帝为了实现征服世界的野心，从现世之后一直在研究现代战争。圣杯所赋予的知识也很有限，比方说一架隐形轰炸机要多少钱应该就不包括在内。

"不论如何，这个叫做克林顿的男人是眼前最大的敌人。他可能会成为自大流士王以来最难缠的对手。"

"……"

韦伯就一直被他气得胃疼。照这么下去，等拿到圣杯的时候，一定得被他气成胃溃疡不可。

韦伯把眼前的巨汉从脑海中赶出去，采取更加正面的思考方式。

总而言之，Assassin 第一个被淘汰是一件值得庆幸的好事。韦伯也很清楚自己的从灵 Rider 在战术上属于正面突击的战力。而对他来讲最有威胁的，还是那些企图在背地里突发冷箭的敌人。Assassin 就是那种敌人。虽然更准确的说来 Caster 也很麻烦，但是和能够悄无声息接近你的 Assassin 比起来，还是后者对自己的威胁更大一些。

Saber、Lancer、Archer 这三大骑士和只有一身蛮力的 Berserker 都不足为惧。只要凭借 Rider 的能力和宝具，就能够力压他们取得胜利。接下来只要再查出 Caster 的真实身分——

"……然后呢？Assassin 是怎么被杀的？"

Rider 慢慢地撑起身子，盘起双腿坐定。突然扔了一个问题给韦伯。

"啊？"

"朕在问你是谁打倒 Assassin，你不是看见了吗？"

韦伯吞吞吐吐，说不出话来。他看是看见了，可那到底是什么？

"我想……应该是远坂的从灵吧。那家伙不管是长相外貌或是攻击方式都金光闪闪，非常夸张。而且事情就发生在一瞬间，我也搞不清楚究竟是什么状况……"

"那些才是你该注意的事情，笨蛋。"

韦伯才听完 Rider 无奈的话语，突然感觉到有什么东西啪地一声在双眉间炸开，出乎意料的疼痛与惊愕让他吓软了脚，跌了个人仰马翻。

那是 Rider 的中指，他用拇指指腹勾住中指指尖之后弹出，也就是人称弹额头的招数。当然 Rider 并没有使力，不过他的手指如同松树的树根一般粗壮，只是轻轻一弹就力道十足，把韦伯的细皮嫩肉弹得又红又肿。

又是暴力，又是肉体上的攻击，那种由疼痛而引起的恐惧和愤怒使韦伯连最后的一点点理智也丧失了。被自己的从灵攻击已经是第二次了，这也是他人生中第二次被打。

因为愤怒连呼吸都急促起来的韦伯张大了嘴大口大口喘着粗气，Rider 没有去理会气得肺都快炸了的召主，深深叹了口气道："你这小子。朕将来要是出战，对手当然是打赢战斗还活着的人。你不好好观察活下来的人，去注意一个死人做什么？"

"……"

Rider 的纠正很正确，让韦伯无话可说。虽然他不想被一个成天躺在家里读书、看录像带、吃点心的从灵指指点点。但是今后他们面临的问题的确不是战败被消灭的对手，而是依然存活的敌人。

"算了，不管啦。你看到那个什么金光闪闪的人，有没有觉得任何奇怪的地方？"

"可是……"

一切就只发生在那一瞬间，他哪能看得出什么？

总之，韦伯知道杀死 Assassin 的招式是宝具的攻击。即便是透过使魔的双眼，他也能看到庞大的魔力爆发。

但就算知道那是宝具的攻击，那些如同倾盆大雨般朝着Assassin落下的无数件武器又是怎么回事？

"对了，Rider。一般来说从灵的宝具应该只有一种对吧？"

"原则上是这样没错。偶尔会有一些特殊的英灵拥有两三种宝具，就好比像朕伊斯坎达尔这样的英灵。"

听 Rider 这样一说，韦伯想起来 Rider 现身的那天晚上让韦伯见识自己宝具的时候曾经说过他还有其他王牌。

"但是用数量的多寡去估量宝具毫无意义。你也知道，所谓的宝具是与某位英灵有关，而且特别出名的故事或是轶史，不一定会是武器的模样。'一件宝具'这句话的意思可能如同字面上所示，是指一件武器，也有可能是指一种特殊能力或是一种攻击手段。"

"……那么也有能够射出十支、二十支剑的'宝具'吗？"

"无数分裂的剑吗？嗯，是有这个可能。一种能够将大量武器定义为单一'宝具'的能力。"

"……"

话虽如此，打倒 Assassin 的宝具又不太一样，韦伯通过使魔的双眼看见的投射武器没有一件是相同的。那些武器并不是分裂出来的，它们各自原本就是单一的武器。那些武器果真全都是宝具吗？但那是不可能的，击杀趴伏在地的 Assassin 的兵刃数目可不是只有两三支而已。

"算啦，敌人的真面目等哪天打了照面的时候自然就知道了。"

Rider 爽朗地大笑，一掌拍在陷入沉思的韦伯背上。

冲击力道从脊椎骨震到前胸肋骨，让矮小的魔术师差点呛到。

这次的击打虽然没有让韦伯有被羞辱的感觉，但这种粗暴的肢体交流还是让他敬谢不敏。

"这，这样真的好吗？"

"当然好！这样才让人觉得兴奋，"Rider 露出充满傲气的笑容说道，"吃饭和性爱、睡眠和战斗。凡事都要享受，这才是人生的秘诀，不是吗？"

"……"

韦伯一点都不觉得这几件事有什么愉快。不，其中两件事他根本没有体验过。

"好了，差不多也应该到外面去找找乐子了。"

巨汉从灵伸个懒腰，扭转脖子发出咔嗒咔嗒的声响。

"上阵了，小子。快去准备。"

"上，上阵？要去哪里？"

"就在这附近随便找个地方。"

"你开什么玩笑啊！"

Rider 站起身子，从接近天花板的高度俯视韦伯的怒颜，微笑道："监视远坂居所的人不会只有你一个。那么他们一定都已经知道 Assassin 死了。如此一来，之前一直提防被偷袭而不敢轻举妄动的人一定会同时有所动作。朕要把他们找出来，见一个杀一个。"

"你说见一个杀一个……事情会这么简单吗？"

"朕乃是 Rider。举凡与'机动力'有关的事情当然不是其他从灵所能够比得上的。"Rider 高声长啸，要从腰间佩带的剑鞘中拔出佩剑。韦伯发觉他想要叫出那件宝具，急忙制止。

"住手住手住手！房子会被你震垮的！"

×　　　×

　　冬木教会位于冬木市新都郊外的小山丘上。今晚有一位访客依照预定计划出现了。

　　"遵循圣杯战争的约定，言峰绮礼要求圣堂教会保护我的人身安全。"

　　"我接受。依照监督者的职责，言峰璃正将会保证你的安全。来吧，请进。"

　　对早就已经彼此串通好的两人而言，这段对话简直就是一出让人失笑的闹剧，可是教会门前还是可能有他人的耳目监视。言峰璃正表情依然肃穆，扮演一个公正不阿的监督者，将同样扮演一名落败召主的儿子带进教会中。

　　冬木市有许多外来居留者，利用教会设施的人比其他城镇多。这间冬木教会虽然位于遥远的东方之地，建筑格局的讲究与壮丽却不亚于信仰发源地西欧。提供一般信仰者休憩场所只是它表面上的伪装，事实上这间教会是圣堂教会为了监督圣杯战争所建立的据点。灵脉等级排名第三，可以与此地的第二管理者远坂家的宅邸相比拟。

　　来冬木教会赴任的神父当然必定都是第八秘迹会的成员。他们受命必须监督召主与从灵之间的激战。换句话说，三年前开始在这间教会为一般信徒执行日常祭祀仪式的人正是言峰璃正本人。

　　"似乎一切进行得很顺利。"

　　将绮礼领进教会深处的司祭室之后，璃正神父不再演戏，若有深意地点头说道。

"父亲，有没有人在监视这间教会？"

"没有。这里是中立地带，保证不会受到侵犯。如果有召主多加干涉的话，就会受到来自教会的忠告。不会有人明知会招惹麻烦还花心思监视战败者。"

"那么这里应该很安全了。"

璃正让绮礼坐下。绮礼就座后，深深吐了一口气，然后……

"为了预防万一，不可以放松戒心。派一个人常驻在这里。"

他以冷峻的命令口吻不知道对什么人说着。他当然不是在对父亲说话，在一旁的璃正神父对儿子怪异的发言似乎也不以为意。

"……还有，之前监视现场的人是谁？"

"是，就是我。"

绮礼看起来好像对着空气在问话，但这次却有人回应。那是一位女性，蓦然从房间角落的阴影中现身。

绮礼与璃正都对她的装扮毫无反应……可是，那位女人的装扮却代表着一位原本不应该存在的人物。

一袭黑色长袍包裹着矮小、曲线柔和的身躯，脸上带着最具代表性的骷髅面具。这一身打扮显示她就是暗杀者的英灵哈桑·萨巴哈。

"Assassin死的时候，在场的使魔有四种不同的气息，推断至少有四位召主亲眼看到那时候的景象。"

"嗯……还少一个人吗？"

绮礼若有所思地眯起眼睛，转头看向父亲。

"父亲，'灵气盘'的的确确感应到有七位从灵现世对吗？"

"嗯，千真万确。最后的从灵'Caster'在昨天已经现世了。虽然还是一样没有收到来自召主的通知，但是此次圣杯战争的从灵确实已经全部到齐。"

"是这样吗……"

站在绮礼的立场，他本来希望能够让五位召主全部看到今晚这出闹剧。

"而且参加圣杯战争的召主都知道在现在的局面下，监视三大家的宅邸是最基本的策略。"一旁随侍的骷髅女人——毫无疑问绝对是哈桑·萨巴哈开口说道。

"如果是连这一点心思都没有的人，根本不可能有能力防备'我们 Assassin'。就结果来看，应该没有任何问题。"

"嗯。"

召主言峰绮礼如果已经失去从灵的话，那么刻在他手上的令咒应该在没有使用的状态下直接消失。可是那三道圣痕现在依然明显刻画在他粗壮的手背上。

也就是说，Assassin 的从灵尚未消灭。现在随侍在言峰父子身边，戴着面具的女人是否就是真正的哈桑呢？

"让那个男人送死，你觉得很可惜吗？"

听见言峰如此问道，带着面具的女人冷漠地摇摇头。

"虽然身为'我们 Assassin'中的一员，那个扎伊尔德只不过是个不值一提的平凡角色。丧失他对我们全体也没有多大的影响。但是——"

"但是……怎么样？"

"虽说没有多大的影响，可损失依然还是损失。说起来就像是少了一根手指。我希望他的牺牲不会是毫无意义。"

绮礼很敏锐地听出这个女人虽然语气恭敬，但是内心有强烈的不满。当然这点不能怪她。

"这不会是毫无意义。牺牲一根手指，其他召主就可以被你们完全蒙在鼓里。所有人都以为 Assassin 已经淘汰了吧。你认为这样能对以隐身为主要战略的你们带来多大的优势？"

"是，您说的没错。"

黑衣女深深垂首。

这次暗影的英灵将会成为任何人都无法预料的威胁，潜伏到那些以为 Assassin 已经被排除，因而放松戒心的敌人身后。任谁都想不到以落败召主的身分逃进教会的男人身边，Assassin 的从灵竟然依然在侧。

即使是在这场名为圣杯战争的奇迹竞争战当中，显然这也是一种怪异的状况。

哈桑这个名字所代表的人确实并非单指某一位英灵。哈桑的意思是"山中老人"，同时也是"Assassin"的词源。这个名字是某个暗杀集团历代首领所承袭的称号。也就是说，历史上有许多自称为哈桑的英灵。有女性的哈桑当然不是什么奇怪的事情。

但是圣杯战争的大原则是能召唤的英灵仅限于一人。因为还可以从其他召主身上抢夺支配权，所以拥有两位从灵的状况在理论上并非不可能。即使如此，手下同时有两位以上 Assassin，明显有违圣杯战争的原则。

"无论情况如何，总之战争已经开启了。"

老神父态度严谨地高声说道，在他的语气中对十拿九稳的胜利充满期待。

"第四次圣杯战争即将开始，看来我这把老骨头这次终于能够亲眼见到奇迹发生了。"

而绮礼只是默默地注视着昏暗的神父室中一角，似乎父亲的热情完全无法将他感动。不管其他人怎么想，他所期待的圣杯战争根本连开战的迹象都还没有。

　　没错，言峰绮礼在等待的目标只有一个人——卫宫切嗣，而他到现在还没出现在这片冬木之地。

# 后　记

　　同人游戏社团 Type　Moon 在二〇〇〇年以同人游戏《月姬》掀起一阵旋风。之后他们选择创业作为社团的下一步，在二〇〇四年推出第一款商业作品《Fate/Stay Night》。

　　这部作品在当时已经很受瞩目，但是那时候应该没有任何人真正预料到《Fate/Stay Night》会对七年后的现在造成多大的影响。这部作品打破许多旧有的边界，创造了许多崭新的风潮。而我同样也被这股风潮影响，大大改变了我人生的方向。

　　有许多人就算没听过奈须蘑菇、武内崇或是 Type-Moon，应该也曾听过《Fate》的标题。也有很多人就算不知道《Fate》是什么，应该也曾经看过一名身穿银蓝色铠甲的金发少女的插图或是模型吧。

　　这道以《Fate》为名的震撼所引起的海啸余波就是这么深远。

　　作品的影响范围有时候连创作者本人都始料未及。在创作《Fate/Zero》时，其实我并不喜欢这种结果带来的混乱状况。奈须蘑菇一定曾经害怕作品摆脱自己的掌握并且失控，也尽量避免这种事情发生。身为他的朋友与同行，这些心情我感同身受。

　　因为《Fate/Zero》是由《Fate》衍生出来的作品，所以我们希望它只属于了解《Fate》的读者。这就是我们之前一直坚持不让《Fate/Zero》在一般书店上架，仅限于同人志店铺贩卖的原因。会特地跑去同人志店铺的读者，应该不至于对《Fate》一无所知吧，还有用网络搜寻并且在线买书的人也是一样。可是一旦摆上一般书店的书架，事情就完全不一样了。一般书店提供一个场所，让偶然走过书架前的读者一眼受到封面的吸引而买下某位陌生作者的书。既然不确定书架上的书会被什么样的人买走，书本的内容就必须"让任何人都看得懂"，用一段"本书不适合没看过《Fate》的读者"的说明文搪塞是一种不负责任的做法。

　　但是在《Fate/Zero》结束后三年，这种想法却有了变化。

　　其中最大的原因是我有更多的机会接触读者的感想。让我觉得惊讶的是结果和我们之前所想的完全不一样——有很多人是先看了《Fate/Zero》，对故事的原点产生兴趣而回头去玩《Fate/Stay Night》的。其实我们本来没有期待《Fate/Zero》能够成为所有故事的起点。因此拙作竟然获得这种意外的成果，老实说这是当初完全没想到的。

　　另一个原因与二〇一〇年推出的《Fate/Extra》有关。在开发阶段的时候，我就曾经听说过这款游戏的策划概念，以一种崭新又刺激的角度重新诠释圣杯战争，对全新圣杯战争的期待成为推动我的力量，而事实证明《Fate/Extra》也确实是一部很成功的作品。

　　七年过去，《Fate》的创作并没有就此结束，反而成长为一种传说级的创作主题，从各种不同的角度反复讲述。今后也会有许许多多召主用令咒驱策英灵的故事借由游戏、文字与影像的形态创作出来吧。总有一天，或许人们再也不会把《Fate》当成一款作品的标题，而是一种娱乐的种类。为了让《Fate》世界更加丰富热闹，最好的方式当然是让观众接触这个世界的入口更大、更多。

因为想法有了这样的改变，所以我答应让《Fate/Zero》改编成动画，同时原著小说也改为文库本，在一般书店流通。原本《Fate/Zero》是在主餐《Fate/Stay Night》之后所准备的甜点。不过或许它不属于严肃的套餐料理，反而更适合所有菜式一次全部摆上桌的热闹自助餐。除了《Fate/Zero》之外，其他还有《Fate/Extra》和《Fate/unlimited》，菜式多彩多姿，能够让观众依照自己的喜好尽情挑选。

以前我曾经说过《Fate》是我作家人生当中的一大转机，这种说法绝对不是一种夸大的形容。当时我内心对创作活动抱持纠葛与挣扎，就在创作《Fate/Zero》的时候让我找到了答案。因为身为作家的我自我意识太过强烈，给自己太大的压力，是这部作品拉了我一把。那些"想要成为什么样的作家""想要得到读者何种评价"的念头和"想要写出什么样的作品"相比之下显得既虚妄又渺小。更重要的是应该抱持一种"我想要如何创作"的意识。连创作者自己都不觉得感动的作品，当然不可能打动读者。换句话说，我认为作者要给读者看的不是一板一眼的服务或是百依百顺的自我奉献，而是那股驱使自己下笔成章的创作热情与动机。带领曾经迷惘的我走到今天这一步的，就是这套《Fate/Zero》。

朋友曾经揶揄我，别人时常把《Fate/Zero》这部二次创作的作品当成虚渊玄的代表作，而不是我其他的自创作品。但是我对这一点从不觉得有任何罪恶感或是不服气。我自认在这部作品中投入了我所有的一切，努力之后的结果也让我获得相当的收获。人们记得虚渊玄是创作这套书的作者，对我来说是无上的骄傲与荣耀。

对于那些在路边的书店里无意间被本书封面吸引并一直看到后记这一页的读者们，我有句话要先敬告各位。

本作全套总共有六册。如果诸位读者喜爱本作，愿意继续购买阅读的话，在看完最后一集之后，恐怕会感觉到强烈的不满足感吧。这是因为各位把原本是餐后甜点的料理拿来当作前菜先吃掉了。主餐《Fate/Stay Night》是一款文字冒险游戏。请各位先在电视机旁准备一台 Play Station 2，然后到离家最近的游戏商店跑一趟。现在《Fate/Stay Night》（Realta Nua）有最完整的故事内容，而且价格也很亲民。

《Fate/Zero》当中没有提及的结局、失去的未来以及读者渴望知道的所有答案都在《Fate/Stay Night》（Realta Nua）中。

《Fate》正如其名，是一连串关于"命运"的故事。

有人曾经依循命运，之后却对命运的是非与否感到烦恼。

有人曾经抗拒命运，之后却要为抵抗付出代价而赎罪。

有人曾经面对命运，之后开始追寻命运的理由。

人生总是不如己意——这是一段建立在愤怒与哀愁上的抗争故事，同时也是一曲赞歌，祝福那群准备面对现实而牺牲奉献的人们。

在您走进《Fate》缤纷绚烂的世界时，如果本书能够成为领航员，为您指引方向的话，那真是身为作者最大的幸福了。

二〇一一年一月　虚渊玄